WEILBURG
VERLAG

Umschlagentwurf: Fritz Holoubek

ISBN 3-900-100-27-6

Druck: Dresel, 2700 Wiener Neustadt

Ernst Weiss

Ausgeschlossen

Erzählung

Weilburg Verlag

HEIM NACH GHANA

Rock'n Roll und linke Literatur, schwarze Dealer, die sich mit Springmessern an Straßenecken in Heidelberg die Fingernägel ausputzten, selbstbefreite Tanten im India-Look und einer Abneigung gegen die Pille, streunende Hippies mit Tendenzen zur Drogensucht und einer Vorliebe für überlange Seidenschals, Kommunisten, die unentwegt von Schulungen und Proletariat redeten, erlöst wirkende Männer, die kurz nach ihrer Ehescheidung in Bierkneipen Runden ausgaben und sich mit „wertvollen Erfahrungen" brüsteten, spätpubertäre Studenten, die schon im ersten Semester ans Aufhören dachten und Schulden in den Cafés machten, das war Mitte der sechziger Jahre die Welt der Gabi K. Das und dann noch viele Fixer, die nur mehr Hemden mit langen Ärmeln trugen und für Geld alles machten, Fixer mit traurigen Augen und einem dünnen Ledergürtel.

Nichts war mehr im Entstehen, im Blühen, zu erwarten und zu hoffen. Gabi hing selbst eisern am Heroin. Es gab keine Lösung oder keinen Ausweg, nur die Endlösung, den Tod, der plötzlich da war, wenn der verdammte Körper zum Glück nicht mehr mithielt. Jeder Stich, jeder Schuß führte näher dorthin, worüber sich phantasievolle und gescheite Leute ihre klaren, heroinreinen Gedanken machen und sogar darüber Bücher schreiben, die jedoch wahrscheinlich noch niemandem in dieser kranken, kaputten Welt helfen konnten.

Schön langsam aber sicher, schnappte Gabi über, einige Entziehungskuren in München, diese neurotischen Männer mit denen sie am Strich ihr Geld verdiente und dieses Leben in den Abbruchhäusern schafften sie.

Mit anderen Fixern übernachtete sie täglich in derselben Bude, einem mehrstöckigen Abbruchhaus in einer Gastarbeitergegend. Alle nur halbwegs intakten Räume waren mit Giftlern oder Sandlern belegt, denen die Ruine als kostenloses Quartier und Versteck an Schlüsselstellen in Mannheim verraten wurde. Alles war ekelig mies und erschütternd, die Saga von Wirtschaftswachstum und beachtlichem Lebensstandard galt hier als Hohn, als Provokation für die Meute der Gestrandeten, denen niemand mehr helfen wollte und konnte. Vergessen und verloren, drei Tage im Kittchen, auf Turkey raus und flott auf Suche nach Stoff – drei Wochen auf Entzug in der weißen Klinik, in der die Ärzte nett von Milieuwechsel und Stabilisierung predigten – kaum entlassen – glänzten prall die Venen.

In diesen stinkigen Löchern ließ Gabi einen schwarzen Ami-Soldaten ran, der gut zu ihr war und ihr von New York erzählte, wonach er Sehnsucht hatte. Er schwitzte andauernd auf der Stirn und schleppte in einem Plastiksack Jazzplatten von Monk und Rollins umher, die er jemandem zurückgeben wollte, den er aber aus unerfindlichen Gründen anscheinend nie traf. Am linken Oberarm hatte er den Namen eines Mädchens eintätowiert. Als ihn Gabi danach fragte, lachte er und erzählte von einer harmlosen Jugendliebe in Harlem mit viel Coke und astreinen Rock'n Rollsongs, zu denen er gerne mit ihr getanzt hatte.
Doch eines Tages war der Soldat weg, heimgekehrt oder dienstlich versetzt, das wußte Gabi nicht. Auf ihren Trips nach Heroin durch die einschlägigen Kneipen hatte sie ihn noch einige Male zufällig getroffen, müde und ängstlich, daß sie das Geld für ihren Schuß nicht aufreißen könnte. Lee erbarmte sich dann jedesmal und finanzierte mit, ohne daß er von Gabi etwas verlangte. Bei einem dieser Treffen fuhren sie noch mit Lees Wagen an den Neckar. Es war feucht und dunkel, und im Radio erzählte ein Moderator auf englisch von Jim Morrisson. Während es Gabi und Lee machten, schlenderten Menschen mit dem Pyjama unter dem Mantel vorbei, die noch ihre Hündchen vor dem Schlafengehen ausführten. Der Neckar rauschte, und die Doors spielten „Waiting For The Sun".
Im Morgengrauen brachte Lee dann Gabi zu einer ihrer Freundinnen, die auch fixte und in einem Gartenhäuschen außerhalb Mannheims wohnte, das ihren Eltern gehörte. Während der Fahrt wurde es hell, und die ersten Straßenbahnen rumpelten durch die Gegend.

Christian erzählte mir bei einem Spaziergang, daß er seine Mutter noch nie gesehen hat. Gleich nach der Geburt wurde er zur Adoption freigegeben und von seiner Ziehmutter, die derzeit in Ghana am Konsulat beschäftigt ist aufgenommen. Mutter klebte jahrelang am Heroin, bis sie überschnappte und seither in einer psychiatrischen Klinik in München dahinvegetiert.

Gabi merkte spät, daß sie schwanger war. Sie hatte wenig Lust und vor allem Geld, um abzutreiben. Außerdem hätte man bei einer ärztlichen Untersuchung sofort bemerkt, daß sie süchtig ist und sie in ein Sanatorium eingewiesen.
Als es soweit war, brachte Gabi ein Freund, in dessen

Kneipe sie fallweise aushalf, ins Krankenhaus. Sie weinte und litt noch mehr an ihrem kaputten Körper und ihrem willenlosen Geist, der sie peitschte und nicht mehr zur Ruhe kommen ließ.
Von einer Bewußtlosigkeit erwachend, streckte ihr eine Hebamme ein dunkelhäutiges, brüllendes Baby entgegen. Ein Arzt zog sich eben Gummihandschuhe aus und fummelte an seiner Krawatte herum. Das Baby weinte immer mehr und war voll weißer, klebriger Flüßigkeit. Gabi K. begann auch zu heulen und kämpfte gegen eine Müdigkeit, die von vornherein der Sieger war.
Schon auf Turkey besprach sie mit nüchternen Beamten, daß ihr Kind von ihr wegblieb und unterschrieb irgendwelche Formulare. Bei der Signatur zitterte sie und wollte aufs Klo, um sich zu übergeben.

„Ich will meine Mutter überhaupt nie mehr in meinem Leben sehen. Das wäre nicht gut, das würde vor allem mich unglücklich machen", sagte Christian. „Sie soll ja ein ziemlich hübsches Mädchen gewesen sein, soweit ich das von einem Foto her beurteilen kann, das mir einmal der Vater meiner Ziehmutter zeigte. Doch wie sie nun im Irrenhaus ausschaut, hat wahrscheinlich nichts mehr mit Schönheit zu tun".

Ich bin der Lehrer Christians. Der Junge wechselte im letzten Herbst von Deutschland an unsere Schule. Er fällt in vielen Beziehungen auf und tischt undurchschaubare familiäre Verhältnisse auf. Niemand außer mir weiß genau Bescheid, warum er gerade in unserer Stadt und nicht in Ghana bei seiner Ziehmutter ist.
Der Spaziergang um den See scheint für die Erzählung Christians fast zu kurz zu werden. Schwitzende Touristen, die uns begegnen, mustern uns neugierig und scheinen zu überlegen, wie in diese Gegend wohl ein Schwarzer kommt. „Ja, also bei Euch wird man so richtig angegafft. Überall wo ich nur hingehe, bestaunt man mich ungeniert. Meine Schulkameraden versuchen, mich andauernd zu vernig-gern. Was denen alles in den Sinn kommt, nur daß sie mich verletzen können!"

In Accra, Ghana, sitzt der Österreicher Müller, Holzhändler, beinharter Geschäftsmann und Exporteur riesiger Mengen von Edelhölzern, die die Haupteinnahmequellen Ghanas sind. Edelhölzer und Kakao gibt es in diesem Land im Überfluß. Und viele Weiße, die angeschwirrt waren, um reich zu werden wie Müller, der sich am Schafberg in Wien schon eine tolle Villa hergerichtet hat, in der er später sein erfolgreiches Leben bis zum unausbleiblichen Ende genießen will. Und dieser Müller, ein Freund der Ziehmutter, überredete Christian auch, daß er nach Europa gehen solle, um an einer Höheren Schule Holztechnik zu studieren. Seit einigen Jahren wandert Christian nun durch schweizerische, deutsche und österreichische Schulen, um in der Einsamkeit die Idee anderer zu realisieren. Oft hört er zwei, drei Monate nichts von seiner Mutter, die in Accra, der Hauptstadt Ghanas, am Konsulat arbeitet und froh ist, eine Sorge mehr auf die lange Bank geschoben zu haben. Am Abend spielt sie mit Diplomaten Backgammon und grübelt, ob die Kleider aus Paris auch rechtzeitig gesendet werden.

Wir kommen bei unserer Wanderung bei einem Helikopter vorbei, der eben mit Lebensmittel beladen wird, um sie auf ein hochgelegenes Berggasthaus zu transportieren.
„Das Leben ist furchtbar eingeengt und verkrampft. Überall nur Gesetze, Verordnungen, Vorschriften und Anweisungen. Ununterbrochen muß man achtgeben, daß man keine Anordnung mißachtet. Ich weiß, das hat alles Sinn, und es ist gut gemeint. Aber die Menschen hier rauben einander alle Freiheit und Luft zum Atmen. Sie sind verdammt mißtrauisch und unglücklich. Bevor sie dir etwas in die Hand geben, fassen sie dich am Hals, um gleich zudrücken zu können, falls du versuchst, mit einem unbezahlten Ding abzuhauen.
In Ghana reiten wir alle viel. Wir setzen uns einfach auf das Pferd, und los geht's! Du kannst dir Ziel und Weg suchen, wie es dir paßt. Hier bei euch muß man auf bestimmten, gekennzeichneten Pfaden bleiben, die tagtäglich von dutzenden anderen Reitern benützt werden. Das macht keinen Spaß. Wenn du in den Wald abzweigst und es erwischt dich der Förster, zwingt er dich vielleicht noch, Strafe zu zahlen, weil du irgendwelche Forstschutzgesetze mißachtet und Wild gefährdet hast. Mein Gott ...
In den Ferien fahre ich heim nach Ghana. Dort spiele ich mit meinen Freunden Pferdepolo, fahre aufs Meer zum Schwimmen oder rauche abends bei Reggae Kaya.
Bob Marley ist tot, das ist schade. Ich las zwar in einer Zeitschrift: „To everybody on hoperoad: Bob lives —", aber

trotzdem werden viele Brüder in Ghana über sein Ende verzweifeln. Bob war der populärste Rastafari-Musiker in unserer Gegend. Man sieht in größeren Städten wie Accra oder Kumasi viele Dreadlocks. In den Kneipen ist üblich, daß man Kaya raucht, das frisch aus den Bergen hergeschafft wird. Einige Male ritt ich mit älteren Freunden aus Accra raus, um Gras zu kaufen. Die Bauern, die Gras anpflanzen und damit handeln, sind zumeist selbst Rastas und oft ehemalige Stadtmenschen. Da wir übernachten mußten, setzten wir uns am Abend mit ihnen vor einem Bungalow zusammen. Sie schlugen klanglich verschiedenartigste Trommeln und sangen echten Roots-Reggae. Im Busch draußen kreischten Papageien und Affen, und wir tranken Tee und rauchten Kaya. Es war herrlich."

Christian eckte in jeder Schule durch seine Hautfarbe an. Er war bald gezwungen, wieder zu wechseln, da er sich bald nicht mehr anders zu helfen wußte, als zuzuschlagen. Auch bei uns gab es schon Schwierigkeiten, da manche Schüler Christian seiner Reife wegen als Erwachsenen, also gewissermaßen als Unverbündeten, einschätzten.

Irgendwann treffen dann Briefe aus Accra nach einer langen Reise bei uns ein, und Christian liest allein in seinem Zimmer, das er mit drei Elektrotechnikstudenten teilt, wie es in Ghana steht, daß sein Bruder mit dem Poloteam Erfolge verbucht, daß ein Freund nach England auf die Schule geschickt wurde und daß er zum Großvater in Wien nett sein soll. Dieser Opa aber kann Christian im Grunde nicht leiden, da er ihn an seine Tochter erinnert, die er sein ganzes Leben lang abschob und sie mit der Mutter in Österreich ließ, während er in Südamerika seinen dubiosen Geschäften nachging, die ihn vor dem 2. Weltkrieg zum reichen Mann machten. Nach dem Krieg verlor er alle seine Besitztümer, bis auf eine Wohung im ersten Bezirk Wiens, Wollzeile. Großvater fühlte sich also durch Christian belastet. Er kapierte, daß ihm seine Tochter einen kleinen Teil ihrer einsamen Kinderzeit durch den Jungen heimzahlte. Denn gerade er sollte nun einen Schwarzen, ein aus einem Spleen heraus angenommenes Kind, in seinen alten Tagen akzeptieren? Wo er doch fast sein Leben lang auf Kosten der Farbigen gelebt und mit ihrer Arbeitskraft wie mit Maultieren geschachert hatte. Nein, nein, Großvater war froh, wenn sich Christian nicht meldete und überwies von allein ab und zu per Post einige Hunderter auf die Schülerheimadresse des Jungen. Wie sollte er nur dieses Kind lieben, wo er sich als Vater nicht einmal um sein leibliches gekümmert hatte!

Christian fiel auch rein äußerlich immer mehr in der Schule auf, und ich spürte direkt, wie er die Abneigung seiner Mitschüler täglich heftiger entfachte. Schon auf unserem Ausflug in Oberösterreich bemerkte ich die Ablehnung der Mehrzahl seiner Kameraden gegen ihn, die vollgepumpt mit unsinnigen Vorurteilen waren, die vom Elternhaus und DIESER GESELLSCHAFT überhaupt herstammen. Nun wurde die Situation für Christian beinahe unerträglich. Er zog weite, afrikanische Hemden an, die mit bunten Mustern bestickt waren, hatte sich das Kraushaar länger wachsen lassen und fuhr mit einem alten Damenrad, wo doch viele Buben nur mehr vom heiß ersehnten Moped redeten und träumten. Das paßte halt alles nicht mehr zusammen, um Christian den Frieden zu lassen, der zu einer normalen Aklimatisierung notwendig gewesen wäre.
So rotteten sich Buben zusammen und tratschten, daß ER stinke, ein Neger habe ja eine Ausdünstung wie ein Affe, und daß Christian ein großmäuliger Besserwisser sei. Meist ignorierten sie ihn dann einfach, da sie sich seiner Stärke und Gewandtheit wegen nicht die Hand gegen ihn zu heben getrauten, wenn sie wieder einmal etwas an ihm störte.

Nicht nur Schüler, sondern auch Lehrer, äußerten sich negativ über Christian und pauschalierten hemmungslos beim Zuerkennen gewisser Charaktereigenschaften. Ich stand hilflos daneben, wenn Spießrutenurteile gesprochen wurden, die mir manchmal überlegt grausam vorkamen. Wie schon oft war ich an der Grenze zum Aufhören, da ich den Kampf gegen die Spießergesinnung meiner Kollegen als einen ewigen einschätzte. Was nützte es, wenn man ihnen bei Gelegenheit seine Meinung auf den Kopf zusagte! Sobald sie unter sich waren, stärkten sie wiederum einander mit ihren bösartigen Bourgeoisiedogmen. Ich versinke bei Konferenzen in Teilnahmslosigkeit, da ich ihr Bild von mir nicht zerstören will. Ich muß hier EIN GANZES LEBEN durchhalten und bin gezwungen mit ihren Feststellungen die Farbe zu wechseln. Niemand ist frei.

In mir tief drinnen sitzt eine Sehnsucht nach der Freiheit, die mir Christian beim Spaziergang um den See erzählte. Nach einer Freiheit, die man erst begreift, wenn man permanent um sie kämpfen muß.

Im Flugzeug war ich beruhigt, als ob mir eine Flucht gelungen wäre. Neben mir saß Christian und erzählte von dem in Ghana herrschenden Militärregime. Auf die Frage, wie es in seinem Land mit der Schulpflicht aussieht, wußte er keine Antwort. Christian war sich nicht sicher, ob in Ghana überhaupt Schulpflicht besteht! Mich belustigte seine Informationslücke, als ich an all die Verordnungsblätter, Paragraphen und Gesetze dachte, die ich schon in meinem Leben befolgen mußte.

HIN UND ZURÜCK

1.

Ein Nachtmittag im Herbst. Stockend begann es zu tröpfeln, und ebenso unschlüssig stand ich in der Haustür. Die Katzen kauerten unter dem hohen Nußbaum, um Schutz vor dem Regen zu finden. Verschlafen und fragend blickte sie zu mir herüber, während ich überlegte, was ich nun unternehmen sollte.
Mein Vater schob, mit einem grauen Gummimantel bekleidet, das Fahrrad aus dem Schuppen. In der rechten Hand hielt er einen traurig aussehenden Strauß Blumen. Violette Blumen. Ich dachte an Begräbnis. „Wer wird denn eingegraben?“ Vater antwortete den Namen einer Person, die ich nicht kannte.
„Kenn ich nicht. Trink nicht zuviel beim Leichenschmaus!“ Grußlos entfernte er sich mit einem bösen Blick. Ihm waren meine Bevormundungen in bezug auf seine Liebe zu Alkohol zuwider.
Langsam wurde es dunkel. Alles verfärbte sich in einen schwarzen Farbton. Die prallen Regenwolken hingen tief zu mir herunter. Es war Zeit, zu Markus zu fahren.
Während der Fahrt zu Markus hörte ich aus dem Kassettenrecorder John McLaughlin. Jazzrock mit rasanten Gitarrensoli, die einem das Gefühl geben, der Körper hebe in den Kosmos ab, die Schwerkraft sei nicht mehr vorhanden.
Doch nun beunruhigte und störte mich die Musik. Die Augen weiter auf die Fahrbahn gerichtet, stellte ich die entsprechende Taste auf „Stop“. Laut ratterte der Motor des alten VW. Als ich an den Teichen vorbeikam, sah ich Fischer, die mit Mopeds die schilfgesäumten Wege zu ihren Angelplätzen entlangholperten.
Ich begann, mich auf den Rest des Tages zu freuen.
Es begann gußartig zu regnen. Mit einem alten T-Shirt reinigte ich die angelaufene Innenseite der Windschutzscheibe.
Beim Drücken auf Markus Wohnungsklingel dachte ich an Irene. Daß sie zu weinen beginnen würde, wenn sie wüßte, was ich nun vorhatte. Meine Eltern würden den Mund aufreißen und die Hände über dem Kopf zusammenschlagen. Meine Professoren würden mir eine beachtliche Packung ihrer geschulten Pädagogik angedeihen lassen. Die Gendarmen in Golstendorf würden mich anzeigen.
Markus hatte schon gewartet. Lachend zeigte er mir ein Soziologieskriptum, in dem er eben noch gestrebert hatte.

Die Vorhänge der Wohnung waren halb zugezogen. In der Wohnzimmerecke glänzte matt ein Piano. In einem anderen Raum kreischten Vögel. Ansonsten war Stille.
Markus fixierte den Trip auf einem Klebestreifen, halbierte ihn mit einem scharfen Küchenmesser und gab dann die beiden Teile auf einen mit Wasser gefüllten Suppenlöffel.
„Ah, herrlich. Aber sei vorsichtig, daß er sich nicht in deinen Zähnen verspießt, sonst kannst du lange auf dein Glück warten."
„Wie ein Stamperl Slibo", sagte ich und las nebenbei interessiert die Aufhänger eines politischen Journals, das auf dem Küchentisch lag.
„Jetzt gilt es nur zu warten, sonst nichts. Wir gehen inzwischen zu Hermi, komm!" sagte Markus und schlüpfte in seine Schuhe.
Nicht einmal hatte ich mir die Wirkung eines LSD Trips erzählen lassen und mir gewünscht, daß auch ich dieses Supergefühl kennenlernen könnte. Markus, mein bester Freund, hatte daher einen Mikro bei einem Bekannten für wenig Geld organisiert. Obwohl er selbst vor Monaten den Vorsatz gefaßt hatte, nie mehr einen Trip zu nehmen, schluckte er aus Gefälligkeit zu mir doch wieder die Droge. Sicher war ich ihm auch eine Ausrede wert.
„Allein ist die Sache furchtbar, zu zweit bist du happy und kannst helfen, wenn es Schwierigkeiten gibt", sagte er damals beim Wirt neben der Akademie zu mir. Neben uns war ein älterer Professor gesessen und hatte das fette Fleisch aus dem Gulyas gestochert. Ängstlich deutete ich Markus, nicht mehr von der Sache zu reden.
Auf dem Weg zu Hermi waren wir in Hochstimmung und warfen einander eine Bouteille Weißwein wie einen Ball zu, die wir später knacken wollten.
Beim Brunnen saßen, obwohl es kühl und feucht war, einige Gastarbeiter, die uns lange mit dunklem Blick verfolgten. Sie hatten auf den mit Wasser vollgesogenen Bänken Platz genommen, da ihnen nicht „erlaubt" war, einander in den diversen Wirtshäusern zu treffen. Sie waren beim braven Bürger als Stänkerer verschrien. Als Ausländer, die denken, „jeds unsrige Weib" fischen zu können, weil es blond sei und einen kurzen Rock trage.
„Habn eh alle selbst an Schipl Kinda. Solln sich darum kümmern!" urteilte der Gastwirt Hochwalter. Andererseits machte es ihm gar nichts aus, wenn am Wochenende, nach Mitternacht, einige leichte Mädchen aus Wien in sein Lokal kommandiert wurden, um für irgendwelche besoffene Typen, egal ob Österreicher oder Ausländer, die Beine zu

spreizen. Das war ein Geschäft, bei dem soviel abfiel, daß man moralische Grenzen mit ruhigem Gewissen vergessen durfte. Das alles mußte jedoch klammheimlich vor sich gehen, um den Schein der Seriosität vor der rechtschaffenen Gemeinde bewahren zu können.

Deshalb trafen sich die Gastarbeiter also beim Brunnen, unterhielten sich mit Händen und Füßen über Probleme an ihrer Arbeitsstätte und hofften für das Wochenende, daß Hochwalter bei seiner Gästewahl ein Auge zudrücken würde.

Markus probte nun auf dem Trottoir Dreisprünge, wobei er bei jedem Hopser pfeifend die Luft ausstieß. Mir gefiel sein ansteckender Übermut.

Ich dachte wieder an Irene. Daß sie nun behütet bei ihrer Schwester sitzen und den Samstagnachmittagfilm im Fernsehen ansehen würde. Dabei würde sie vielleicht einschlummern und irgendwann von mir träumen. Ich bemühte mich, an andere Dinge zu denken, da die Gedanken an Irene mit Unbehagen verseucht waren.

Bevor wir bei Hermi ankamen, zog ich noch aus einem Zigarettenautomaten eine Schachtel Hobby.

Bei Hermi nahm ich sofort auf einem Fauteuil in einer Ecke des Zimmers Platz, während sie selbst in der Küche ihren Trip schluckte.

Ich fühlte mich wie eine geduldige Echse, saß da und beobachtete meine Psyche. Daß Markus und Hermi vor mir herumschmusten, machte mich nervös. Ich wünschte mir, daß sie schleunigst damit Schluß machen würde. Ich fand es geradezu gemein provozierend, da die beiden ja von meinen Schwierigkeiten mit Irene wußten und doch spüren mußten, wie sie Neid in mir anzettelten. Ich kam mir blöd vor bei dem Speichellecken und Schmatzen. Bei einem Film ist das etwas anderes, da ist man einer unter vielen. Aber hier zu dritt war das alles unangenehm, peinlich.

Zum Glück lag ein „Sounds“ neben mir. Ich blätterte darin und las über das Leben geschaffter Rockstars. Markus und Hermi würden ja hoffentlich bald ihre Befriedigung gefunden haben.

Es begann in meinen Beinen zu prickeln, als ob sie mir einschlafen würden. Ich erinnerte mich an unbequeme Zugreisen, die man nachts dösend hinter sich bringt. Dieses Gefühl schleppte sich über den Bauch bis in das Gehirn.

Dann war Schluß mit der schnöden Welt. Ich konnte gerade noch Markus mitteilen, daß der Trip seine Wirkung erreicht hätte und daß ich mich äußerst wohl fühlen würde. Mit einer müden Bewegung legte ich das Magazin weg, ließ

mich fallen, in jeder Beziehung fallen, und konzentrierte mich allein auf die Musik, die von Schallplatten kam.
Mein Zustand änderte sich mit den Gedankengängen. Einmal lag ich zusammengekrümmt im Inneren einer Trommel wie ein Embryo im Mutterleib, dann wiederum verwandelte ich mich blitzartig in die Saite einer Baßgitarre. Ich schwirrte durch einen Raum, in dem es dumpf dröhnte und in dem mich unendlich tiefe Schwingungen trugen. Wie ein Schmetterling flog ich von einer Raumecke in die andere und schlüpfte in die Glühbirne, um mich zu wärmen.
Markus und Hermi zankten sich auf dem Kanapee. Sie beschimpften einander niederträchtig und waren nahe daran zuzuschlagen. Ich wollte ihnen klar machen, daß sie mich in meinem Frieden stören und quälen würden, war jedoch dazu nicht imstande. Ich war nicht fähig, einen Satz zu sprechen. Meine Vorsätze wirbelten in einem roten Kreisel. Nur „Bitte“ platze aus meinem Mund.
Doch die beiden hörten weder auf mich, noch auf die erlebnisreiche Musik des Mahavishnu Orchesters. Ich war verärgert, daß sie mich beim Genießen störten.
Immer wieder versuchte ich, Hermi und Markus zu beruhigen. Es war mir jedoch unmöglich, den Aufforderungssatz: „Bitte, gebt doch Ruhe!“ zu Ende zu formulieren. Das Sprechen mißlang mir trotz heftigster Bemühungen. Mein Gehirn orderte Befehle, die nicht befolgt wurden.
Die Farben der Gegenstände um mich waren bröselig und konturschwach wie bei billigen Filmen. Ich begann darüber so haltlos zu lachen, daß mich die Bauchmuskeln schmerzten.
Markus und Hermi lagen noch immer im Clinch. Er schwitzte vor Zorn und Anstrengung, sie keifte ihn trotzig an.
Später wurde es kalt im Zimmer, der Rauch der vielen Zigaretten stand wie eine starre Staubwolke im Raum. So rafften wir unsere müden Knochen auf, um an die frische Luft zu gehen, vielleicht auch dem Dorf-Wirtshaus einen kurzen Besuch abzustatten.
Weinfeste sind beliebte, von tausenden Menschen besuchte Veranstaltungen, die die Weinhauer reich und die Besucher betrunken machen. Auf einer Bühne spielen abwechselnd verschiedene Blaskapellen der Umgebung. Oft verzapfen auch dort engagierte, abgetakelte Künstler Unsinn. So danken sie etwa den Anwesenden für die freundliche Aufnahme, obwohl sie selbst ohnehin, nachdem sie ihre paar Hunderter abkassiert haben, schleunigst diesem Rummel entfliehen. In dieser Zeit gibt es in der Nähe kaum Verkehrs-

kontrollen der Gendarmerie, denn man will den Hauern ja nicht das Geschäft verhunzen. Jeder braucht den anderen, man arrangiert sich's schon, wie man's braucht.
Sonst jedoch werden oft genug, mehr als genug, Autofahrer angehalten und bezüglich ihres Alkoholkonsums überprüft. So wie zum Beispiel vor einigen Monaten, als Arbeiter der Firma K. von der Nachtschicht nach Hause fuhren und 13 von ihnen der Führerschein entzogen wurde, da ihnen über 0,8 Promille Alkoholgehalt im Blut nachgewiesen werden konnte. Viele Arbeiter hatten bei acht Stunden Arbeit verantwortungslos 2,3 Flaschen Bier getrunken. Aber wenn das Dorf ein Weinfest feiert, ist jedes Gesetz hinfällig. Die Gäste dürfen ungehindert vollfett heimkurven.
Der Anblick von Markus, der zielsicher vor mir herstapfte, trieb mich in wahre Lachkrämpfe. Auch jede andere Person, die uns begegnete, belachte ich übertrieben. Ich bildete mir ein, ganz Disneyland stolziere durch Golstendorf. Je ernster, verunsicherter und verwunderter mich die Leute anblickten, desto hemmungsloser wurde meine Erheiterung. Ich schlug mir auf die Schenkel und johlte los. Markus grinste unschlüssig und ließ sich von meiner Unbeherrschtheit nicht anstecken. Zum Glück, sonst hätte uns unter Umständen der Abtransport ins Irrenhaus geblüht.
Beim Weinfest selbst, auf dem Festgelände, wanden und schlängelten wir uns durch die Massen. Durch dicke, dünne, durchtrainierte, versulzte, weiche, knochige, geschmeidige, ungelenkige und mit Wein gefüllte Körper. Die Blaskapelle spielte die hohe Musik der Fröhlichkeit, und alle Menschen wurden hoffentlich Brüder. Mich belustigte einfach jeder, der mir über den Weg lief. Das erste Mal in meinem Leben beengten mich keine Unsicherheiten. Man dachte sicher nur, ich hätte einen Rausch, was ja durchaus legal war. Was wußten die, wie glücklich ich war, weil ich diesen Trip geschluckt hatte. Ich stand über ihnen. Arm, dumm und tolpatschig kamen mir die Menschen vor.
Um die Bühne stand eine Menge Leute, die einem pomadisierten Schnulzensänger zuhörte, der Lieder wie "O sole mio" oder „Eine Wiener Bonbonière" trällerte. Andächtig sperrten die Lauscher Mund und Ohren auf, um ja keinen Ton ungenossen an sich vorbeizulassen. Der Sänger erzählte zwischendurch aus seinem Leben, das in Wahrheit sicher nicht bewundernswert war. Eher hatte ihn wahrscheinlich sein Schicksal erniedrigt und von bauernschlauen Kulturgemeinderäten abhängig gemacht.
Am Climax der Show wackelte eine überwuzelte, auf 20 geschminkte Partnerin auf die Bretter, die die Welt bedeu-

ten. Sie sang mit dem Geschniegelten im Duett. Die Golstendorfer waren hingerissen. Mir taten diese abgetakelten „Stars“ leid.
Markus drängte zum Weitergehen.
Bei einem Heurigen trafen wir einige Freunde, die entspannt den frühen Abend übertranken. Auch Josef war unter ihnen, der früher Markus bester Freund gewesen war, jetzt jedoch eher das Gegenteil.
Zuerst war alles sehr angenehm, und es wurden Witze gerissen. Ich war überaus glücklich, daß ich in meinem Zustand so viel Freude erleben durfte. Da ja alle über meine Verfassung informiert waren, würde ich sicher in ihrer Achtung gewaltig steigen. Bei Tilo, der stumm und gefaßt seine Dreier paffte, bei Gerald, dem eitlen niedlichen Jungsoftie und allen anderen.
Wir beschlossen, alle gemeinsam in Hermis Wohnung zurückzukehren, Platten zu hören und Wein zu trinken. Ich gewann, obwohl ich die Droge vor vier Stunden eingenommen hatte, noch immer keinen überzeugenden Überblick, trabte also brav hinter den anderen her und summte vor mich hin. In meinem Gehirn rotierten Gedankenfetzen über John McLaughlin, Sonnenblumen, Irene, mein Studium und Markus Gipsbein. Mir war nun klar, warum ich das Zeug gefressen hatte. Ich wollte glücklich sein, ganz einfach glücklich sein, lachen, nett mit anderen Menschen reden, tolerant sein, mein Glück auf andere übertragen. So einfach war das.
„Du Idiot. Mit deinen Scheißhausparolen willst du nur Erfolg haben“, hätte ich am liebsten zu Josef gesagt, der mit Markus über alles und nichts stritt. Ich konnte aber noch immer nicht sprechen. Nun war mir mein hilfloser,besoffener Zustand zuwider. Scheißtrip, Scheißleben!!! Unmöglich!!! Josef und Markus saßen sich feindselig gegenüber, zerlegten einander, warfen einander Handlungen und Aussagen vor, wollten einander quälen. Tilo, Hermi, Gerald und ich hockten zusammengeprügelt da, blickten zu Boden, rauchten und wünschten, daß die beiden doch endlich Schluß machen würden, einander bloßzustellen.
Während des Rausches hatte ich ein Gedicht auf einen Zettel geschmiert. Als ich es jetzt zur Hand nahm, kam es mir kindisch und eingebildet vor. Die Wirkung des LSD war beinahe abgeklungen. Ich konnte meine Schrift kaum lesen. Ich hatte es satt. Ich hielt es in Hermis Wohnzimmer nicht mehr aus. Ich wollte nach Hause. Die Zimmerluft war nur mehr Zigarettenrauch. Durch die Schwaden schimmerte trübes Licht, das die anderen, zusammengesunkenen

Gestalten mißgünstig beleuchtete. Bluesrock von „Cream“ stampfte durch den Raum. Hermi lag auf dem Sofa und heulte. Ich tappte ins Freie, ohne mich zu verabschieden. Blind war ich geworden.
Vor dem Haus parkte mein Käfer. Ich taumelte auf ihn zu, fand jedoch keinen Schlüssel und glitt die Häusermauern entlang dem Dorfrand zu. Ein Jugoslawe trat aus einem Zinshaus, leere Bierflaschen in der Hand, in die Dunkelheit der Nacht. Beim Versperren der mächtigen Haustür pfiff er eine bekannte Melodie, hustete unangenehm laut und spuckte links neben sich auf den unasphaltierten Gehweg. Ich konnte in der Finsternis nichts mehr sehen, bekam Angst und begann laut mit mir selbst zu sprechen.
Unter der Brücke am Ortsende rauschte ein Bach, die Fabrik lag ruhig wie ein vollgefressener Drache. Der Portier sah „Dalli—Dalli“ und öffnete eben sein zweites Paket „Smart“. Endlich bei der Bundesstraße, hatte ich wiederum Angst, sie zu überqueren. Nach einigen Minuten hatte ich Glück, daß dieser stinkende Autowurm riß und haß ich hastig die Straße queren und meinen Weg einschlagen konnte.
In den Teichen spiegelte sich eine matte Mondscheibe, fauliger Geruch der Sumpflandschaft wehte zu mir. Der Wind wehte. Ich bildete mir ein, neben dem Meer zu laufen: Es waren die wogenden Ähren der Getreidefelder. Das Tunnel wurde zur Grotte, der Friedhof zum belebten Treffpunkt für Ruhebedürftige. Ich wollte die Feuchte des Grases spüren und griff voll mit gespreizten Fingern hinein. Zu meiner linken Seite lagen Weingärten, in denen Vögel kreischten. Ich wußte nicht, warum und wollte mit ihnen sprechen. Bedächtig spazierte ich durch die Gassen. In vielen Häusern brannte noch Licht.
Geradezu unheimlich still war es nun. Ich wußte, daß sich die Menschen in ihren Wohnungen vor ihren Fernsehgeräten verkrochen hatten. Ich kam mir ausgesetzt vor, ohne einen Feind nennen zu können.
Zu Hause schlich ich in mein Zimmer, um ja nicht die Eltern aufzuwecken. Sie hätten meinen Zustand nicht begriffen und mich noch mehr verunsichert. In Gedanken gab ich Antwort auf ihre erschrockenen Augen. „Was bin ich euch schuldig? Danke, daß ich lebe. Seid lieb zu mir, ich bin es ebenso zu euch! Laßt mich in Ruhe! Ich finde schon wieder aus diesem Kessel heraus.“
In meinem Zimmer fühlte ich mich geborgen und war froh, daß mir die Flucht gelungen war. Nichts stank nach Rauch oder verschüttetem Billigwein. Von den Wänden blickten mich die Gesichter altbekannter Popstars an. Marriot

lachte, Zappa schaute arrogant, Lennon interessiert.

Zuerst stand ich nur einfach mitten im Zimmer und überlegte, warum man nur so dumm ist und Gift schluckt. Beim Kramen in den Platten wirbelte ich Staub auf, das uralte Radio krachte beim Einschalten. Ich hatte eine Aversion gegen dieses lädierte Gerät, es verleidete mir den Genuß meiner Musik.

Ich saß einige Zeit in meinem breiten Stuhl, blickte aus dem Fenster in die Finsternis hinaus und hörte „King Crimson"-Platten. Theatralisch-psychedelische Musik mit rauschendem Mellotron.

Erst nach Mitternacht stieg ich müde ins Bett.

Der nächste Tag war ein verlorener Tag. Ich war unfähig, irgendetwas Produktives zu tun. Mir fehlte jedwede Konzentration oder Freude an einer Tätigkeit. Den Vormittag verbrachte ich im Bett und las in Londons „Menschen des Untergrundes", was meine Stimmung nicht gerade aufmöbelte. Dazu drückte mich das schlechte Gewissen, weil ich mir vorgenommen hatte, für eine Soziologieprüfung zu lernen. Ich war nicht einmal imstande, über meine üble Verfassung ein Gedichtlein zu schreiben, was mir bis jetzt stets in meinem Narzißmus gelungen war.

Unter der Bettdecke begann ich zu schwitzen. Ich hatte plötzlich wiederum dieses Gefühl des Ausgesetztseins.

Trips verblöden! Man verliert das Gedächtnis und landet in einer Anstalt.

Beim Löffeln der Suppe blickten mich Fettaugen an. Meine Eltern waren stumm. Mir war das nur recht, da ich ohnehin zu faul war, um zu sprechen. Erst als ich einen halben Liter Mineralwasser getrunken hatte, fühlte ich mich frischer. Ich schloß mich wieder in meinem Zimmer ein. Irene kam mir in den Sinn. Es wäre mir peinlich, wenn sie die gestrigen Vorfälle erfahren würde. Sie würde vielleicht weinen. Das wollte ich nicht.

Die Wörter im Buch wurden bedeutungslos. Immer wieder dachte ich über mein Verhältnis zu Irene nach. Etliche Male begann ich dieselbe Stelle zu lesen, bis ich das Buch weglegte und träumend auf dem Bett lag. Draußen tropfte Regen von den Nußbaumblättern. Ich mußte mich am Riemen reißen, um nicht zu heulen.

An einem langen, grauen Nachmittag marschierten alle toten „Süchtler" meiner Stadt wie Zinnsoldaten auf und erzählten von „Schnee" und Haschisch.

Micheal F., Großmutterkind, genierte sich, als er eben aus einer Entwöhnungsanstalt entlassen worden war, für seine kurzen Haare. Deshalb trug er eine Winnetouperücke. Im

Amphietheater im Wienerwald spielte er auf „Gorilla“ und kletterte auf den Mauern herum. Gestorben an einer Überdosis Heroin.
Reinhard W. schoß sich eine Kugel in den Kopf, nachdem er „Linke“ in einer Apotheke gedreht hatte. Ein Gendarm saß gleichzeitig mit seiner Mutter im Wohnzimmer und berichtete. Am selben Tag traf eine Grußkarte von seiner Freundin aus der Anstalt ein, die dort eine Entwöhnungskur durchmachte.
Ernst F. fixte mit Freunden um die Wette. Er verreckte still und heimlich in einem Abbruchhaus. Sein Vater fühlte sich beim Begräbnis für seinen Tod nicht verantwortlich.
Heinrich V. „törnte ab“ und verschwand für immer in Indien. Auf einer Ansichtskarte aus Madras an seine Eltern waren Blutspritzer. Seit fünf Jahren hat er sich nun nicht mehr gemeldet, die alten V. schreiben ihn tot.
Gegen acht Uhr abends läutete es, Markus und Josef standen vor der Tür. Sie überredeten mich, sie noch auf ein Bier zu begleiten. Wir verließen das Haus und fuhren mit dem VW in ein Beisel. Markus wirkte niedergeschlagen, Josef gleichgültig. Die beiden hatten in den letzten zwei Jahren zusammen an die zehn Trips geschluckt. Josef hatte damit Schluß gemacht. Er trank sogar kaum Alkohol. Gift ist Gift. Markus jammerte über sein mieses Befinden. Wir bemühten uns, die Erlebnisse der Reise zu rekapitulieren. Umsonst, die Laune wurde nicht besser. Das Bier schmeckte nach Chemie. Josef nippte majestätisch an seinem kleinen Braunen. Wir wußten uns nichts mehr zu sagen, wollten jedoch auch nicht nach Hause. Bei „A Whiter Shade Of Pale“ verließen wir dann doch grußlos die Kneipe. Ich chauffierte die Freunde heim. Noch einmal schwor ich mir, nie wieder zu haschen.
Nach dem Wecken durch meine Mutter in der Früh benötigte ich längere Zeit, um richtig wach zu werden, da ich erst gegen Morgen eingeschlafen war. Die Mutter mußte einige Male jammernd meinen Namen rufen, bis ich mich aufraffte und in das Badezimmer stolperte. „Abhauen müßte man können“, dachte ich und schrubbte die Zähne. Ich kam mir schäbig und faul vor, als ich zu überlegen begann, ob ich die frühen Vorlesungen „spritzen“ sollte. So ging es mir an jedem Morgen. Schon von der Schulzeit her fehlte mir die Lust, gerne und eifrig meine Pflicht zu erfüllen.
Um Geld zu sparen, fuhr ich mit dem Zug nach B. Auf dem Bahnhof versuchte ich mühsam, das Zusammentreffen mit zwei Studentinnen aus meiner Gruppe zu verhindern. Erstens war ich viel zu faul, um mit ihnen zu plaudern,

zweitens sprachen wir ohnehin nur über die geforderten Tagesaufgaben.
Auf dem Weg zur Akademie traf ich auf Stimpf, einen Studenten niedrigeren Semesters, der knieweich an einem Baum lehnte und zu Boden starrte. „Doch nicht gleich neben der Straße", dachte ich, „wo die WC's der Schule sehr appetitlich sind!"
„He, Stimpf, was ist denn?" fragte ich, während ich auf ihn zuging.
Lapidare Antwort: „Ich suche etwas." Weiter kein Wort.
Als ich am späten Nachmittag nach einem anstrengenden Tag zum Bahnhof marschierte, lehnte der Arme noch immer hingebungsvoll an seinem Baum.
„Ich konzentriere mich auf einen ganz speziellen Lichtstrahl. Das ist Yoga", sagte er geheimnisvoll. Mir tat der Kerl leid, doch wie sollte Stimpf nach über siebzig geschluckten Trips aussehen oder denken? Stimpf war mit zwanzig ein kaputter Typ, fertig mit dem Leben.
Ich fand mein Leben auch nicht gerade aufregend. Doch ich half mir mit gewissen Tricks über diese langweiligen Tage, an denen mir einfach Punch fehlte. So plante ich schon Monate mit meinem Freund Martin eine Reise nach Afghanistan. Allein die aufregenden Gespräche über unser Unternehmen gaben mir Kraft, den alltäglichen Trott zu überstehen.
Martin hatte sich leider schon einige Wochen nicht blicken lassen. Er lebte in Wien und hatte seinen eigenen Bekanntenkreis. „Er hat keine Zeit mehr für mich", bildete ich mir ein und schmollte in meiner Eifersucht.
Der Herbst verging, der Winter und Weihnachten standen vor der Tür. Drei Tage fuhr ich mit Fritz im Februar in die Berge zum Schifahren. Es war anstrengend, denn ich lieferte mit meinen zweizwanziger Schiern eine blamable Vorstellung. Wir wohnten bei einem Freund, der wiederum eine nette Schwester hatte. Abends fuhren wir in eine Diskothek zu einem Konzert der TURNING POINT. Ich fand es überhaupt nicht gemütlich und lag mit der Schwester die meiste Zeit im Auto, um zu schmusen. Das Mädchen ließ sich alles gefallen. Ich fühlte mich souverän und unwiderstehlich.
Beim Schifahren war Fritz der bessere, alles schaute auf ihn. Ich war froh, wieder zu Hause zu sein.
Im März, nichts Besonderes war vorgefallen, überredete mich Markus, meine Tränen- und Outsidergedichte vor Publikum vorzulesen. Ich zeigte mich nicht begeistert, da ich zu feige, zu schüchtern und zu ungeschickt für diesen Vortrag zu sein meinte.

Markus überredete mich doch, und ich betrank mich in meiner Angst schon vor meinem Auftritt.
Dann ging alles recht schnell und glatt. Markus zupfte romantisch im Background die Gitarre, und ich rezitierte mit schwerem Zungenschlag. Irene saß auch unter den Zuhörern. Ich fühlte mich wie der junge Werther. Sie war noch vor mir gekommen und hatte mich freundlich begrüßt. Ich hielt mich kurz, da ich durch ihre Anwesenheit in eine unangenehme Situation geraten war. Konak, eine Studienkollegin, wollte mich nämlich für sich gewinnen und scharwenzelte daher dauernd um mich herum. So unterhielt ich mich dann doch besser mit den Halbstarken am Buffet, die über den eben Vortragenden fluchten. Es war Tilo, der ungerührt seine Gedichte vorlas.
In Irenes Bett wachte ich am nächsten Tag mit einem quälenden Kater auf. Ich rekonstruierte nun schön langsam, was alles am letzten Abend passiert war, während ich das Mädchen neben mir streichelte. Sie war in jeder Beziehung lieb zu mir und kämpfte um mich. Doch vielleicht gerade deshalb wollte ich sie wieder verlassen. Einerseits war ich mir absolut sicher, daß ich sie über alles gern hatte, andererseits wollte ich nicht meine ruhigen, beliebig langen Bücher- und Musikstunden missen. Gerade jetzt benötigte ich sehr viel Zeit zum Studium östlicher Philosophie und buddhistischer Literatur. Buddhismus war vielleicht ein Ausweg!
„Was heißt Ausweg? Sei froh, daß du überhaupt studieren darfst!" hätte mein Vater jetzt gebrüllt. Ihm war diese Welt mit Seminaren, Büchern und Kolloquien fremd. Dem Glücklichen war das alles abstrakt. Beim Heurigen war er glücklich, egal ob Yin oder Yang, er lebte sein Leben mit Arbeit und Kummer, mit Vergnügen und Lachen.
Den Weg geht nicht jeder, das ist schon etwas Besonderes, wenn man nach Afghanistan reist und vielleicht während des Wintersemesters eine Karte an die Akademie schickt, die dann in der Aula an der schwarzen Wand hängt. Der Schulwart würde am Ende gar nicht wissen, wo und was Kabul ist, das wäre das schönste. In den Pausen würden dann die gaffenden Augen der Kommilitonen die bunte Postkarte bestaunen.

2.

„Aber ich komme doch zurück", sagte ich noch zu meinen Eltern und Irene, dann holte mich schon Martin ab, bei dem ich die Nacht vor der Abreise verbringen wollte. Dumm

kam ich mir vor, als ich erstaunt eine Abschiedswehmütigkeit in mir spürte.
Nachts konnte ich vor Aufregung kaum schlafen. Außerdem trippelte Billy, der Hund Martins, durch die Räume des Hauses. „Dem Hund gehören die Nägel geschnitten", dachte ich mir und bemerkte, daß auch mein Reisepartner schlecht schlief, da er sich oft wälzte.
Wach wurde ich, als plötzlich Frau Schlier, die Gemüsefrau, im Zimmer stand, um uns abzuholen. Wir hatten vor, vom Gemüsegroßmarkt weg einen Lift zu ergattern. Im Kleinbus fuhren wir dann zum Markt. Es war noch dunkel und kühl, vier Uhr. Mir schien das ganze Vorhaben plötzlich als unüberlegt. Ich ärgerte mich über meine blöden Ideen. Martin dachte vielleicht auch so. Doch wir hielten tapfer unser Maul. Wie schön wäre es jetzt gewesen, im Bett einem geschmackigen Frühstück entgegenzuschlummern. So aber hockte ich affig, meinen Rucksack auf den Oberschenkeln, neben Frau Schlier.
Abenteuerlust packte mich wieder, als ich mich in einer Glastüre mit schulterlangem Haar, einer schäbigen Jean und abgetretenen „Töfflern" auf die Kantine des Marktes zukommen sah. Ich war stolz auf mich.
Bei Kaffee und der ersten Zigarette genoß ich die Ernte der gewissenhaften Vorbereitung. Kompakt und übersichtlich wie ein Zugsfahrplan lag unsere Reise in Gedanken vor mir. Eine kleine Nebensache: Kabul war schon abgeblasen, da Martin wegen eines Heuschnupfens nicht die nötigen Impfungen erhalten hatte können. Die Türkei war also daher unser neues, näheres Reiseziel. Da wir viel wandern wollten, waren klarerweise Bergschuhe eingepackt. Martin erwies sich als gewissenhafter Organisator und routiniertes Alpenvereinsmitglied.
Um uns war geschäftiges Leben. Die Marktfahrer unterhielten sich laut miteinander und löffelten schlürfend ihre Gulyassuppe. Frau Schlier kümmerte sich inzwischen, daß wir mit einem Jugoslawen, Bulgaren etc. mitfahren durften. In Abständen von etwa einer Stunde kam sie mit enttäuschtem Gesicht in das Buffet und teilte uns mit, daß sie noch immer niemanden gefunden habe. Martin und mir wurde die Sache peinlich, da wir merkten, daß wir die gute Frau von der Arbeit abhielten. Ich sah mich schon wieder Richtung nach Hause fahren und dem Gespött der Bekannten ausgesetzt.
Nach drei Bier erbarmte sich gegen Mittag ein Angestellter der Marktbehörde und kutschierte uns in einem Mercedes mit saurem Gesicht zum „Philipshaus" auf den Wienerberg.

Der Wind trieb mir Staub in die Augen. Ich war glücklich, als nach zehn Minuten Wartezeit ein Auto hielt.
Nachdem wir mit dem ersten Lift bis in das Wechselgebiet vorgedrungen waren, wußte ich, daß wir es geschafft hatten. Ich machte Späße wegen Martins Kurzhaarschnitt und freute mich, daß er mitlachte. Ich fühlte mich frei. Alles, jeder Eindruck, wirkte tiefer auf mich als sonst.
Mit dem zweiten Auto hatten wir gleich nach dem Einsteigen und Losfahren einen Zusammenstoß mit einem jugoslawischen Wagen. Der Lenker hatte mit seiner Frau gestritten und war auf unsere Spur gekommen. So hatte er uns an der Längsseite gestreift. Wir hatten Glück. Es war nichts Ernstes passiert. Der 2-CV unseres Lenkers war jedoch ziemlich beschädigt. Der Jugoslawe sah seine Schuld ein, zahlte einige hundert Mark für die Reparatur, und wir setzten unsere Fahrt fort. Im Moment des Zusammenstoßes war mir durch den Kopf geschossen: „Das gibt es gar nicht, jetzt darf doch nichts mehr schiefgehen. Jetzt, wo weit im Südosten Menschen auf mich warten, um mich kennenzulernen."

Vor der Hagia Sophia, im Gras sitzend, fand ich mich wieder. Neben mir lagen meine Freunde und ein lachender Türke, der eine Rakiflasche durch die Runde reichte. Mich blendete der Goldzahn des Türken. Er war keiner der Ärmsten und trug eine Aktentasche bei sich, in der er alkoholische Getränke verstaut hatte. Es war schon dunkel, und die Menschen spazierten durch die Straßen. Wenn ich zu der Moschee hinüberblickte, stachen spitze Türme in den dunkelblauen Himmel.
Das Gras wurde feucht und ich betrunken. Lena und Hanna, unsere Mädchen, lachten viel. Christof, der sportliche Haschischraucher aus Graz, zupfte an seinen langen blonden Haaren. Ich nahm ihm nur die Hälfte seiner Erzählungen ab. Er log und übertrieb. Er kam direkt aus Nah-Ost und behauptete, „nur" zu rauchen. Sein Schlafplatz war auf einer überdachten Terrasse eines Substandard Hotels. Ich vermutete, er war früher ein gewaltiger Fixer gewesen und nun auf dem Weg der Rehabilitation. Als ehemaliger steirischer Juniormeister im Kugelstoßen war sein Körper noch immer athletisch. Ich hielt ihn für den passioniertesten Shitraucher und Angeber von Graz. Einen Hitchhiker und Unterhalter, der nirgends richtig dabei war. Zwar überall die ohnehin zu lange Nase drin hatte, aber stets rechtzeitig bereit war, abhauen zu können, wenn es brenzelig wurde.

Oh, ich war betrunken und verliebt in Hanne, das kleine, dumme Dänenmädchen polnischer Abstammung.
Lena, die Schwedin, war anders: gesprächig, emanzipiert, interessiert.
Hanne! Was heißt, ich war verliebt? Das ist nicht wahr! Mir gefiel etwas an ihr, nämlich, daß ich ihr gefiel . . ., das war alles. Irene war im Black-Out. Ich war stolz, Martin ein Beispiel gegeben zu haben, wie man ein Mädchen verliebt macht.
Hanne saß also neben mir im feuchten Gras. Sie gefiel mir mit ihrer verdammt schön abgewetzten Jean um das knochige Becken. Zärtlich flüsterte sie mir ins Ohr. Ich war weggetreten.
Dann gingen wir auf einen Kaffee. Die restlichen Gäste starrten uns neugierig an. Sie hatten bald begriffen, daß wir alle besoffen waren. War mir egal. Ich war froh, einen Sitzplatz gefunden zu haben und mich wieder mit Hanne beschäftigen zu können.
Der Türke lud uns zu einem weiteren Kaffee ein und schlug vor, in ein Nachtlokal im asiatischen Teil Istanbuls zu wechseln. Wir willigten widerspruchslos ein. Christof machte geheimnisvoll darauf aufmerksam, daß wir in ein Puff verschleppt werden könnten. Wirklich begann unser Gastgeber auch schon von „Mademoiselles“ zu sprechen und deuten.
Im Taxi zum Bordell erklärte mir Hanne, daß sie mit mir schlafen wolle. Wie immer bekam ich Angst vor dem Versagen. Ich überlegte mir schon alle möglichen Ausreden; einen Höllenrausch und die Angst im Nacken!
Zu viert hingen wir im Fond dieses schmutzigen Taxis. Meine Füße hatten den Halt verloren, und Hanne gab nicht auf, mich zu überreden. Vorne, neben dem Chauffeur, thronte der Türke. Ab und zu wandte er sich um und lachte uns siegessicher an.
Christof mutmaßte abermals, daß wir höchstwahrscheinlich einem Schlepper in die Hände gefallen waren. Entweder wollte uns der Kerl in einem Nachtlokal ausnehmen. oder Komplizen würden uns über die Birne schlagen. Unsere Lederbeutel, die wir um den Hals trugen, wären danach klarerweise über alle Berge gewesen.
Draußen flossen Lichter vorbei. Dunkle, schnauzbärtige Männer spazierten am Meer entlang.
Im dreckigsten Viertel des asiatischen Stadtteils ließ der Türke halten und uns das Taxi bezahlen. Beim Kriechen aus der Monsterkiste hatte ich schon längst beschlossen, ohne weitere Diskussion abzuhauen.

Trotzdem stand ich einige Minuten belämmert am Straßenrand. Ulf, ein Däne, und Hanne redeten auf mich wie auf ein krankes Pferd ein, daß ich doch endlich weitergehen sollte. Unschlüssig lehnte ich an einer Plakatwand. Neugierige Männer schoben sich näher und beluchsten die Szene. Um eine Aktion zu setzen, sprach ich auf Deutsch unseren Taxifahrer an, der ein Geschäft witternd, abgewartet hatte. Ich erzählte ihm unser Erlebnis und bat ihn um Rat. Er hatte mir vorher erklärt, sehr gut Deutsch zu sprechen.
Eindeutig gab er mir zu verstehen, daß es besser wäre, zu verschwinden.
Der Alte setzte nun auch zu jammern an, ich sollte doch folgen.
Christof lief plötzlich die Straße zum Meer hinunter, als er kapierte, es könnte gefährlich werden. Durch seine langen, blongen Haare stach er aus den übrigen Passanten heraus. Ich sah ihn nie wieder.
Noch immer benebelt von diesem verfluchten Raki, stierte ich den Taxifahrer an. Der Türke trat immer wieder ganz nahe an mich heran, um mich zu bequatschen.
Mir wurde die Sache zu anstrengend. Ich nahm im Taxi Platz und gab an, zum Topkapi gebracht werden zu wollen. Noch bevor der Chauffeur vom Parkplatz abfuhr, sprangen die Dänen ins Auto, und wir rauschten ab. Martin und Lena waren schon vor mir eingestiegen.
Ulf war enttäuscht von mir und blickte mißmutig aus dem Fenster. Er erklärte mir, daß ich ein Feigling wäre und ihnen einen schönen Abend verpatzt hätte. Als ich ihm die Worte des Taxifahrers ins Englische übersetzte, winkte er mit der Begründung ab, daß sich der Fahrer nur sein Geschäft ertrickst hätte. Ich mußte lachen, als ich an den Türken dachte, der wie ein begossener Pudel ausgesehen hatte, als wir getürmt waren.
Mir wurde plötzlich unerträglich übel. Schon bevor wir den Alten getroffen hatten, hatten wir in einer winzigen Kneipe getrunken. Aus dieser waren wir ebenfalls geflüchtet, da einige Gäste, vor allem ein Flugkapitän, unbedingt unsere Mädchen für Geld haben wollten. Die Stimmung war durch unsere Verweigerung immer angespannter geworden, da wir dazu noch auf Rechnung der geilen Böcke gegessen und getrunken hatten.
Zuviel Alkohol! Mir war schlecht! Mit Mühe erreichte ich noch unser Hotel-WC, bevor ich mich übergab.
Hanne hatte sich inzwischen traurig zu Bett gelegt, während ich geschafft am Klo stand und nicht wußte, was ich ihr schuldig wäre. Mein Magen drehte sich wie ein Karussell.

Im Mund hatte ich einen unangenehmen Geschmack. Ich kam mir armselig und verkommen vor.
Als ich ins Zimmer trat, schliefen Martin und Mooskopf, ein Schwabe. Die anderen machten sich eben zum Niederlegen bereit. Mooskopf schweißelte wie ein antiker Gummistiefel. Fast wäre mir wieder was hochgekommen. Im Buffet sangen melancholische Polen traurige Lieder.
„Donna, Donna, Donna, . . .", klang es herauf. Ich schaltete die Zimmerbeleuchtung ab und betete um Schlaf.
Hanne lag ruhig da. Sie schien jedoch noch nicht eingeschlafen zu sein. Um mich für mein Benehmen zu entschuldigen, kroch ich zu ihr ins Bett. Sie schmiegte sich an mich, und wir versuchten, uns auf Englisch zu verständigen. Ich mußte ziemlich langmächtig um den Brei reden, bis sie begriff, daß es besser wäre, wenn wir uns auf den Balkon legten, damit die anderen ungestört wären. In Unterhosen pirschten wir uns aus dem Zimmer und kuschelten uns unter eine Decke auf eine bequeme Holzpritsche.
Wir liebten uns. Bei jedem Stoß fürchtete ich, daß meine kleine, dürre Dänin wie ein Sektglas zersplittern könnte.
Nachher horchten wir noch in die Nacht hinaus. Ich sah mich schon als Bauer auf Hannes Farm in Swöborg. Die Studenten an der Akademie würden vielleicht Augen machen, wenn sie eine Karte aus Dänemark erhielten, auf der stand, daß ich jetzt Landwirt in der Nähe Kopenhagens wäre.

Die Sterne standen klar am Himmel und beleuchteten Instanbul. Während Hanne an meiner Seite dahindöste, freute ich mich auf die bevorstehende Reise mit Martin in das Landesinnere der Türkei.
Beim Einschlafen war ich todsicher auf den Boden der Realität zurückgekehrt und gestand mir, daß ich ab September wieder ein Student sein würde.
Nach dem Aufwachen am nächsten Morgen stand mir folgender Traum noch deutlich vor den Augen:
Alt, glatzköpfig und krummbeinig schlurfte ich über ein geackertes Feld. In den Furchen lagen Ortstafeln ganz bestimmter dänischer Dörfer südlich Kopenhagens, die ich bei meiner letzten Schwedenreise mit dem Auto durchfahren hatte. Immer wieder wischte ich mir Schweiß von der Stirn und fächelte mir mit einem Schlapphut Kühle zu. Als ich plötzlich vor einem braun gestrichenen Holzhaus stand, lächelte ich und begann begeistert in die Hände zu klatschen. In den Fenstern waren Gesichter zu erkennen, denen ich jedoch keine Namen zuordnen konnte. Um

genauer sehen zu können, schritt ich langsam, mit fast lauernder Körperhaltung, auf das Haus zu . . .
Dann war ich also wach und grübelte. Martin, Lena und Ulf waren schon aus dem Zimmer. Nur Mooskopf schweißelte im tiefsten Schlaf dahin. Hanne lag da wie eine frische Zimtschnecke. Ich hatte wieder Lust, in sie hineinzubeißen.
Meine Gesichtshaut griff sich rauh und faltig an, mein Haar verfilzt und staubtrocken. Ich fühlte mich absolut nicht wohl und war froh, daß wir abreisten. Schnell wusch ich mich und rannte danach hinunter in das Buffet, wo Martin Tee trank und in einer Landkarte las. Im Stiegenhaus begegnete mir der Aufräummann, der mich mürrisch beglotzte. Ich dachte „Schweinehund", denn der Kerl wurde bezahlt, daß er Ordnung mache. Trotzdem war alles verdreckt und verwahrlost. Die Duschen waren schlitzige, dunkle Löcher. Der „Empfangschef" rauchte hingebungsvoll Shit und fiel mir durch seine dicken Lippen auf. Er gab sich überjovial und hippiephilosophisch. In Wirklichkeit, schien mir, lachte er über alle Typen in seinem Laden.
Mir stiegen die Tränen in die Augen, als ich mich von Hanne veraschiedete. Obwohl ich mir vornahm, sie zu besuchen, sollte ich sie nie wieder sehen.
In einer Affenhitze ging es Richtung Ankara los. Mit einem dummen Gesicht stand ich am Straßenrand, wollte am liebsten aus Sehnsucht nach Hanne weinen und bereute tief, daß ich sie verlassen hatte. Martin war guter Laune, die Autobesitzer auch. Bald waren wir „flott auf Tour".
Man konnte sagen, daß ich mich wohl fühlte, wenn das Ungewisse vor mir stand, die Blue Jeans speckig am Körper klebte und womöglich noch die Sonne unterging.
Der „Kurbler" hatte uns irgendwo zwischen Stanbul und Ankara aufgegabelt. Es hatte geregnet und Lacken standen wie klare Seen längs der Straße. Gutgläubig hatte ich noch zum Himmel geblickt und einen baldigen „Lift" erfleht. Ein LKW–Lenker hatte zu einer „Schiffpause" gehalten und dann einfach gewunken: „Kommt rüber, Kinder, es geht weiter!"
Stumm wie ein Fisch saß unser Chauffeur mit Meckyfrisur und Zappaschnauzer am Steuer.
Plötzlich stoppte er das Auto. Ich hockte, den Rucksack auf den Knien, zwischen ihm und Martin. Geschickt mischte er einen tollen Wodka-Cola Saft. Ich war wieder voll da und sah viel mehr Nach als vorher. Die Müdigkeit war verflogen.
In einem Restaurant prahlte unser Fahrer später bei einer Rast schmatzend mit seinen österreichischen Gästen. Ich aß

und ließ mich ergeben begaffen. Bis jetzt hatten Martin und ich noch kein Wort gesprochen. Das Essen schmeckte gut, der „Kurbler“ bezahlte großzügig.
Es regnete noch immer. Die Scheinwerfer waren beinahe wirkungslos. Martin und ich kämpften sieglos mit dem Schlaf.
Ich wurde wach, als wir rechts auf einen holprigen Parkplatz abzweigten. Der Lenker stellte den Motor ab und brach zusammen. Mir war unangenehm, daß Martin und ich im Auto saßen. Unser Gastgeber hätte ohne uns bequem schlafen können.
Es gelang mir nicht mehr einzuschlafen. Ich mußte immer wieder an Lena, die Schwedin, denken, die versprochen hatte, mit dem Zug nach Ankara nachzureisen.
Im Morgengrauen sprangen wir in Ankara aus dem Fahrerhaus auf die Straße. Nach einer kurzen Verabschiedung und einem „Tesekür ederim“ war unser Mann losgefahren. Martin und ich standen übermüdet da und sehnten uns nach einem Bett. Ich kam nicht mehr zum Denken.
Auf dem Autobusbahnhof versuchten wir zu schlafen. Es war kühl und feucht. Mengen von Menschen wirbelten um uns, ich verlor ihre Gesichter. Den Rucksack wie einen Segelmast umklammernd, versuchte ich, im Sitzen zu schlafen. Wenn ich aus irgendeinem Grund erwachte, traf ich dunkle, beobachtende Augen. Martin schlief auch nicht besser. Er hatte sich wie eine kranke Katze auf einer Sitzbank in seinen Schlafsack verkrochen. Andauernd wurde er betastet und an seinen roten Haaren gezupft.
Ich wünschte mir eine warme Dusche und ein frisch gemachtes Bett, duftend und einladend.
Mißlaunig stoppten wir am Morgen von Ankara weg. Lena, die mit dem Zug, wie ausgemacht, nachgekommen war, hatten wir getroffen und ihr unser nächstes Ziel bekanntgegeben. Ein homosexueller Lastwagenchauffeur verknallte sich in mich und griff mir bei Gelegenheit auf den Hintern. Ich blieb cool und dachte an Lena, die nun allein Richtung Kayseri im Zug saß. Der Homo trug Gold im Mund und war sehr freundlich. Trotzdem waren wir vorsichtig und stiegen früher als geplant aus.

3.

„Was heißt hier abhauen?“ konterte Alfred, Oberguru marxistischer Ideologie in M. und Mitglied des KB. „Ich finde es keinesfalls richtig, den Problemen in dieser Art

aus dem Wege zu gehen. Ich hoffe, am ersten Mai bist g'stellt!"
„Ja, ja", wollte ich schon müde sagen, „der Kampf geht weiter."
Dieser Kampf begann zu Hause beim Lesen der MASCH und des Manifestes. Davon kapierte ich vieles leider nicht, da ich einerseits zu wenig historisch geschult war, andererseits gar nicht diese ganz bestimmte Politsprache in meine Sprache transponieren konnte.
Brief: „Ich bin Sozialist. Ja, genauso wie ihr alle es seid. Nur geht mir eure Lebensart auf den Nerv. ‚Das kann doch nicht alles gewesen sein' singt Biermann, und ich denke dabei an euch. Das ewige Saufen nach den Sitzungen macht mich krank. Ihr belächelt die Kleidung und die Ansichten anderer und begeht dadurch genau jene Fehler, die ich mir vornehme, bei mir auszumerzen. Toleranz, versteht ihr, Toleranz möchte ich zeigen. Mir ist egal, ob einer beim Heurigen mit uns tschechert oder sonntags den Kinderwagen schiebt. Damals, als wir den alten ‚34er Jahr-Kämpfer' heimtransportierten, habt ihr arrogant gelächelt und höchstens gute Miene zum bösen Spiel gezeigt. Dieser Opa, Relikt der Arbeiterbewegung aus solidarischen Zeiten, hatte am Heurigentisch erbittert gerechtfertigt, warum er heute SP-Wähler ist. Einer von euch bezeichnete ihn dann als einen, der die Bewegung im Stich läßt. Am liebsten hätte der Alte die Tränen kollern lassen, als ihr ihm jovial ein früheres Klassenbewußtsein zugestanden habt.
Pauli war der einzige, der nachfühlen konnte, wie man nach siebzig Jahren Leben zur Revolution steht. Daher stieg er auch bald aus der Diskussion aus und widmete sich seinem schwergewichtigen Schwedenmädchen.
Am Ende, als der Alte das Maximum an Trunkenheit erreicht hatte, schlug ich ihm vor, ihn mit dem Wagen nach Hause zu bringen. Er hatte richtig Angst, daß wir ihm etwas antun könnten. Mit lauernder Vorsicht gestattete er, daß wir ihn in den angerosteten VW verfrachteten. Um seine Befürchtungen zu beseitigen, plauderte ich mit ihm über Schrebergärten und Heinz Conrads. In B. geleitete ich ihn bis vor die Haustür des Gemeindebaues, in dem er wohnte. Er tat mir leid. Beim Reversieren sah ich ihn noch schwach zum Abschied winken.
Mir schien, ihr habt damals diesen alten Sozialisten als ‚abschreckendes Beispiel' gesehen."
Der erste Mai war windig. Ab und zu platzte die Sonne zwischen den gejagten Wolken hervor.
Ich war zwischen Marxismus und Hippietum geraten.

Einerseits der wohlüberlegte, prinzipienhafte, entschlossene, andererseits der selbstzufriedene, lethargische und alles tolerierende Mensch. Am Vortag war ich noch mit meinen Freunden auf dem Fußboden in meinem Zimmer gehockt, hatte „Quintessence"-Musik gehört und Shit geraucht, heute postierte ich mich in Wien an einer zentralen Kreuzung, um Flugblätter für den KB zu verteilen. Ich tat und lebte alles ohne Überzeugung.
Vorher trafen wir uns in einer kleinen Konditorei. Die Genossinnen und Genossen gruppierten sich um zwei kleine Tischchen und rauchten filterlose, starke Zigaretten. Eine farbige Genossin erkannte ich erfreut wieder. Sie arbeitete in der Buchhandlung H., in der ich mir politische Literatur besorgt hatte. Sie gefiel mir wegen ihres interessanten Teints und verscheuchte allein durch ihre Anwesenheit meine Morgenschläfrigkeit. Ich war zu feige, sie anzusprechen. Außerdem hatte sie einen bärbeißigen „Monstertyp" als Freund dabei.
Die Oma, die unsere Bestellungen servierte, musterte uns mißtrauisch.
Kurz wurde detailliert, wie wir uns bei Reaktionen der Flugblattabnehmer verhalten sollten. In meiner ideologischen Ahnungslosigkeit hoffte ich fest, daß mich ja niemand über den Inhalt der verteilten Schriften zur Rede stellen würde. Als Ersatz hätte ich höchstens erzählen können, wo Höhepunkte im Schaffen von Novalis sind oder welche Qualitäten die neueste LP John McLaughlins hat.
Während ich eine ekelhaft fette Burenwurst an einem Würstelstand verdrückte, marschierten in kürzesten Zeitabständen Gruppen des „1. Mai-Aufmarsches" vorbei. Die Bezirksparteistellen sandten ihre roten Jugendorganisationen zur Festivität. Als ein schnauzbärtiger Typ sein „Keli" auf meinen Stoß Blätter stellte, keifte ich ihn bissig an. Er lachte mir einfältig ins Gesicht.
Beim Verteilen versuchte ich, möglichst entschlossen dreinzuschauen, damit ich meinen Kunden Respekt einflößte oder sie sogar zwang, mir einen Zettel abzunehmen. Trotzdem hasteten die meisten Menschen mit einer wegwerfenden Handbewegung weiter, ohne mir auch nur in die Augen zu schauen. Viele schnappten zwar ein Blatt, zerknüllten es dann aber und schleuderten es in den Rinnsal. Sie hatten wohl kaum die Überschrift gelesen und schon Desinteresse, ja sogar Verärgerung gezeigt. Mich giftete die Einstellung der Passanten, und ich empfand die Ignoranz als persönlichen Angriff.
Immer wieder blickte ich prüfend zu den anderen Straßen-

ecken hinüber, wo die übrigen Genossen verteilten und auch ab und zu in ein Gespräch vertieft waren.
Gegen Mittag sammelten wir uns auf der Ringstraße. Der Wien-Poldl und andere Politikos plauderten heroisch von der Schaubühne herab. Tausende Menschen jubelten ihnen zu, in der Hand Fähnchen, an der Brust Aufstecker mit Parteinamen. Wir flanierten in den letzten Reihen und beglückten weiter die Schaulustigen mit unseren Flugzetteln. Plötzlich zischten mir zwei SP-Ordner zu, wir sollten uns schleichen. Das war „Schlurfmanier". Peter stürzte aufgebracht her und trug den Stänkerern Ohrfeigen an. Ich stand eher passiv daneben und bastelte wieder an dem entschlossenen Gesicht.
Später verliefen sich die Leute. Ich fühlte mich wie nach einem Fußballmatch im Stadion. Zurück blieben mit Flugblättern verschmutzte Straßen. Die Politiker hatten sich ins Private begeben und nippten Tee. Müde schlenderte ich unter den Genossen mitten auf der Ringstraße dahin.
Mir fiel ein Radfahrer mit einem alten Waffenrad auf, der sich wieselflink durch die Massen auf uns zuschlängelte.
Es war Schmidt, ich erkannte ihn sofort wieder. Schmidt hatte ich beim Bundesheer kennengelernt, wir waren im selben Zug gewesen. Schmidt war bald aufgefallen, schon allein durch sein Äußeres: extrem klein, kahlgeschoren, immer in einer „Parker" und eine Provianttasche des ÖBH um die Schulter. Er trug kaum normale Schuhe, sondern Wanderschnürstiefel mit übertiefem Profil, sowie ganz spezielle, besonders widerstandsfähige Blue Jeans.
Ich rief Schmidts Namen. Er erkannte mich auch sogleich wieder.
Schmidt hatte beim Heer andauernd Schopenhauer gelesen, während wir uns dem Suff hingegeben hatten. Dabei suchte er sich oft aus einem Wörterbuch oder Lexikon philosophisch-lateinische Ausdrücke heraus. Einmal nur war er betrunken. Zu Weihnachten, als das größte Besäufnis überhautp stattfand.
Alle unsere Offiziere und Unteroffiziere tranken mit uns um die Wette. Zum Schluß zerschlug ein übermütiger Korporal, der jetzt Gendarm ist, Gläser und Schmidtchen Fensterscheiben. Meine Mitkämpfer übergaben sich en bloque am Unterkunftshäusl, das dann ohnehin einer von uns als Diensthabender reinigen mußte.
Ich stand vollbetrunken am Fenster des Waschraumes und brüllte in die Winternacht hinaus, daß ich hier alles haße. Niemand gab mir Antwort.
Rülpsend torkelten wir dann noch ins Freie, in das bessere

der beiden Dorfwirtshäuser und tranken sinnlos weiter. Ressler, ein verkappter Student und von Beruf Wachtmeister, also Unteroffizier, ein frustrierter Mensch, tappte an einer armseligen, häßlichen Dorfnutte, Olga, herum. Ich lachte dazu blöd. Später sah ich noch oft ihre verweinten und versoffenen Augen, und es tat mir leid, daß ich diesen Arsch nicht in seine Soldateneier getreten hatte.
Mukro, Oberwachtmeister und Alkoholiker, ein im Grunde guter Kerl, der jedoch zu jeder rechtschaffenen Arbeit zu faul war, und auch andere Mitglieder des Kaderpersonals hatten das bemitleidenswürdige Miststück von Frau schon öfter in die Kaserne eingeschleppt und im Gänsemarsch ihren Schwanz in sie gesteckt. Mir war dieses Milieu zuwider.
Schmidt war bei diesen Vorfällen nie dabei. Er kutschierte mit seinem Mini umher oder las Schopenhauer. Da er wußte, daß ich eine Menge Bücher gelesen hatte, unterhielt er sich gerne mit mir. Wir fühlten uns dann beide über alles erhaben.
Am Schluß meiner Wehrzeit rauchten meine Kameraden in Zimmerecken Hasch oder kochten abends belebenden Tee.
Schmidt brachte einmal sogar Kekse mit eingebackenem Shit mit, die er von einem Freund geschenkt bekommen hatte.
An einem kalten, windigen Jännernachmittag latschten sie sogar eingeraucht ins Wachhaus, um ihren Dienst anzutreten. Sie verkündeten den Tag der offenen Tür und lasen sich gegenseitig besonders komische Stellen aus Micky Maus-Heften vor. Die Rundgänge in der Nacht entfielen, weil sie wieder Tee aufgekocht hatten. Sogar die Knastbrüder lachten sich über die Situation in ihren Zellen krumm. Sie beschossen einander eine Weile mit harter Brotrinde, nachdem ihnen der „Abendtee“ serviert worden war.
Niemandem der Vorgesetzten fiel etwas auf. Ich kam mir destruktiv und verschlampt vor.
Schmidt hatte seinen bitteren Zynismus nicht abgelegt und nörgelte noch immer aus einer Abseitsposition. Er wohnte direkt neben einer Bierbrauerei am Rande der Stadt, verkroch sich dort wie eine lesehungrige Ratte und zielte mit dem langen Küchenmesser auf die Schornsteine der stinkenden Fabrik. Er war nach eigener Aussage auf einem „suspekten Anarchotrip“, dem entsprang jedenfalls sein Interesse an Demonstrationen linker Politgruppen.
Ich wußte bald nichts mehr zu reden und verabschiedete

mich. Normalerweise tauschte ich bei solchen Gelegenheiten Adressen aus. Bei Schmidt war mir klar, daß es an Belästigung grenzte, wenn ich ihn um seine Anschrift gebeten hätte. Er hätte mir vielleicht ohnehin fiktive Angaben aufgeschrieben.
Die Nachbesprechung unserer 1. Mai-Aktion fand im Hinterzimmer eines Wirtshauses statt. Die Genossen waren sich ihres Erfolges sicher und zeigten Zufriedenheit. Auch ich war auf eine Weise beruhigt, vor allem durch das Bewußtsein, daß ich mich in Gemeinschaft bewegte und am System gerüttelt hatte.
Müde saß ich da und sehnte mich nach Hause in mein Bett. Ich verabschiedete mich deshalb, fuhr mit dem Zug nach Hause und las Henry Roth, den Juden.
Ich muß dann irgendwann eingeschlafen sein und wachte erst gegen vier Uhr nachmittags auf. Mein erster Gedanke war, daß ich schlecht geträumt hätte. Im Spiegel sah ich ein ratloses, knittriges Gesicht.
Nach einigen Versuchen brachte ich den VW in Gang, um mir eine Flasche Cola aus dem Bahnhofsrestaurant zu holen. Dort traf ich Pipo, einen Freund und ehemaligen Arbeitskameraden. Wir „workten" eine Zeitlang gemeinsam bei einer Tageszeitung. Pipo war schwer rauschgiftsüchtig. Er tat mir leid, denn er war ein feiner Bursche. Seine letzten Unternehmungen waren vor sieben Jahren gewesen, als er Autostop in Griechenland gewesen war. Seitdem kam er nicht mehr aus unserer Stadt hinaus, außer wenn er zwangsweise auf Kur in Gugging weilte.
Pipo schenkte mir drei Adipex, Appetitzügler. Ich schluckte sie. Einfach, weil mir langweilig war und ich noch nie welche versucht hatte.
Ich fühlte mich bald überaus wohl und hörte bis zwei Uhr morgens Schallplatten. Ich fixierte einen Baum vor meinem Fenster und bildete mir ein, daß Zwerge in seinem Geäst umherhüpften. Vorher hatte ich noch im Fernsehen die Verfilmung einer Schnitzler-Erzählung gesehen. Ich kapierte alles und war der wichtigste Akteur. Meine Mutter merkte nichts. Nicht einmal, daß ich lallend sprach und mit den Zähnen knirschte. Als ich im Bett lag, konnte ich nicht einschlafen. Mein Herz schmerzte. Ich begann zu weinen und wünschte mich fort.
Man muß sich den Problemen seiner Zeit stellen, das war mir klar. Es fiel einem aber schwer, einerseits den hemmungslosen Terrorismus, der nur mehr eine radikale Verteidigungsmaßnahme gegen einen unmenschlichen Kapitalismus war, andererseits den unter dem Mantel des Fort-

schritts gegen den Menschen funktionierenden Kapitalismus zu akzeptieren.
Man verfällt allzu leicht in Vorurteil und Generalisierung. Ich verlor allmählich den Überblick und den Bezug der Partei. Am Abend staute ich Haß gegen „die Oberen" bei einem Kuba-Referat, am nächsten Morgen vertrieben mich frustrierte Arbeiter mit höhnischen Worten vom Fabrikstor, als ich ihnen ein Informationsblatt zustecken wollte. Immer wieder wurde ich von den Genossen gezwungen, Dienste zu erledigen und litt, daß ich keine Zeit mehr für mich verwenden konnte. Bei Gesprächen im Wirtshaus ließ ich daher anklingen, daß mir alles zuviel wird, mir über den Kopf wächst, daß ich einige Zeit für mein Studium benötigen würde.
An einem warmen Samstag im Vorsommer überwand ich mich dann endlich und wählte die Nummer Alfreds, um ihm mitzuteilen, daß ich in den nächsten Monaten keine Zeit für die Partei hätte. Mich hatte diese Absage schon wochenlang bedrückt. Immer wieder hatte ich den Termin hinausgeschoben. Ich hatte Angst, daß mich die Genossen mißverstehen und als normalen Abspringer und Flipper beurteilen würden. Es tat mir leid, ihnen nicht begreifbar machen zu können, daß mir diese Art der politischen Arbeit zu trocken war und mir nicht genügend Spielraum für meine Interessen erlaubte. Alfred nahm alles sehr gefaßt hin. Ich spürte, daß sie alle auf diesen Moment gewartet hatten, mich ohnehin nur als Mitläufer, bestenfalls Sympathisanten eingestuft hatten.
Nach dem Verlassen der Telefonzelle fühlte ich mich von einer Last und Verantwortung befreit. Ich freute mich schon auf die kommenden Tage, an denen ich so richtig unternehmen könnte, wonach mir zumute war.
Von Irene entfernte ich mich immer mehr. Wir fielen einander zur Last. Ich konnte nicht verstehen, wieso ich sie plötzlich nicht mehr so liebte, wie in den ersten gemeinsamen Jahren. Unwillig kam ich zu ihr, um mit ihr zu schlafen oder ins Kino zu gehen. Viel lieber strolchte ich mit Freunden herum und plante Tramptouren für die kommenden Jahre.

4.

Zu dritt standen wir auf dem dreckigen Bahnhof von Kayseri. Die Sonne sackte ab. Wir zogen an Unmengen von Straßenhändlern vorbei Richtung Stadtzentrum. Die Hotels

waren mies und teuer. Wir besichtigen einige der billigeren Sorte, bis wir beschlossen, doch wieder im Freien zu nächtigen. Ich war müde und mir war egal, ob ich in einem schmutzigen Bett oder im Straßengraben schlafen würde.
In einem Teehaus lernten wir einen jungen Türken kennen, der uns über Popmusik ausfragte. Er spitzte auf Pink Floyd-Platten, die wir ihm vielleicht per Post schicken könnten. Er riet uns, nicht irgendwo, sondern draußen vor der Stadt neben einer Polizeistube zu lagern, da man leicht nicht mehr wach werden könnte. Martin willigte ein. Ich fürchtete, daß uns der nette Kerl erst recht eine Falle stellen wollte.
Die Polizeistation lag inmitten einer grünen Siedlung mit Holzhäusern, vor denen Kinder spielten, die uns manchmal neugierig ein Stück Weg begleiteten.
Wir bauten unser winziges Zwei-Mannzelt auf. Neben uns campte eine Expeditionsgruppe polnischer Archäologen. Die Leute waren freundlich und luden uns zum Essen ein. Auch die Beamten lächelten gütig, als ich ihr Klo benützte und mir die Zähne putzte.
Lena lag zwischen Martin und mir. Ich konnte mich aus Platzmangel nicht mehr rühren. Während die andern ruhig schliefen, hörte ich in die Nacht hinaus und überlegte, wie ich wohl in fünf Jahren meine Ferien verbringen würde. Andauernd raschelte es um das Zelt. Ich stellte auf Englisch die Frage, ob wer hier sei. Natürlich konnte das kleine, schwarze Kätzchen nicht antworten, das später ins Zelt schlüpfte und sich zwischen meine Füße kuschelte.
Als ich auch noch Rheumaschmerzen bekam, die ich mir durch die offenen Autofenster zugezogen hatte, kroch ich aus dem Zelt und massierte meine Schulter. Das Kätzchen zwinkerte bei der Störung nur kurz, bevor es schnurrend weiterschlief. Ich rauchte einige Zigaretten und versuchte, wieder Schlafruhe zu finden. Die Polizisten bereiteten sich für einen Kontrollgang vor und wünschten mir eine gute Nacht.
Der Mond war durch Wolken verdeckt. Feuchtigkeit lag in der Luft. Meine Haare klebten, meine Mundwinkel waren entzündet. Ich wünschte mich nach Hause in mein Zimmer, Irene an meine Seite. Ich dachte an Markus, der sicher wiederum nach England gereist war. An Gerald, der auf der Liegewiese im Stadtbad den kleinen, fickrigen Mädchen Lieder Steve Wonders vorspielen würde.
In der Wüste sah ich Nomaden gebeugt über zerbröckelte Erde marschieren. Sie wohnen in Erdlöchern, die mit Stofffetzen überdacht sind. Neben diesen Zelten halten sie zottige

Ziegen, die von abgemagerten, verdreckten, in Lumpen gehüllten Kindern gehütet werden. Ich dachte an das Topkapi und all seinen Reichtum, seinen zusammengerafften, blutigen Reichtum. An Cynet, der seiner Mutter einen Fernsehapparat zum Geburtstag geschenkt und eine deutsche Schule in Istambul besucht hatte. Nun studierte er, das Ohrläppchen parfümiert, in Wien. Den Sommer genoß er müßiggehend in seinem Haus am Meer. Er erzählte mir einmal, daß es im Osten seines Landes noch Menschen gäbe, türkische Staatsbürger, die sich wie Maulwürfe in Erdhöhlen verkriechen würden. Um den Gegensatz zwischen arm und reich zu verstehen, war ich hierher gekommen.

Einen bitteren und verweinten Eindruck von Armut allerdings hatte ich in meiner frühesten Kindheit erlebt, als ich im Burgenland mit meiner Mutter ein lehmiges, armseliges Dorf aufsuchte, da sie dort Gänse kaufen wollte. Noch dazu war dies an einem dieser verregneten, grauen Tage. Mein Mantel wurde durch die Regengüsse nie richtig trocken, und wenn wir von einem Haus in das nächste aufbrachen, sträubte ich mich, in den kalten, mit Wasser vollgesaugten Mantel zu schlüpfen. Die Frauen sprachen mit brüchiger Stimme. Ihr Aussehen war verhärmt. In den Küchen der baufälligen Häuser war es dunkel, manche waren durch Petroleumlampen schwach erleuchtet. Die Straßen und Wege waren verschlammt und lehmig, man mußte achtgeben, um nicht ins Schlittern zu kommen. Männer sah man überhaupt keine, nur Gänse. Beim Näherkommen pfauchende Gänse, die in Rudeln Gras zupften. Mitten durch den Ort kroch ein schmutziger Bach. Wir fanden lange keine Brücke, um ihn zu überqueren.

Auf der Fahrt ins hochgelegene Göreme wirkte Lena glücklich und genoß unter unserem Schutz das Herumzigeunern. Ich hatte mich an sie gewöhnt und fühlte mich nicht mehr verpflichtet, ihren Unterhalter zu spielen. Sie erfrischte uns richtig mit ihrer zufriedenen Art. Ich liebte es, ihr zuzuhören, wenn sie über ihre Heimat Schweden erzählte; von grünen Seen, frischen Fischen und schweigsamen Anglern. Von der Freude über eine gut verlaufene Jagd und über den ersten Schnee, von den duftenden Nadelwäldern und dem Glucksen zwischen dem Moos.

Martin war bei der Ankunft in Göreme schlecht gelaunt und stapfte wortlos mit seinem riesigen, roten Rucksack dahin. Heute machte mir das wenig aus, doch oft hätte ich diesem Sturschädel am liebsten etwas nachgeworfen. Doch ich war froh, daß er bei mir war und ich nicht mit Irene in

einem viertklassigen Hotelbett Jugoslawiens lag, mir wohlig die Wampe streichelnd und träge verdauend.
Obwohl ich sie liebte, stritt ich oft täglich mit Irene, lief davon, drohte mit Selbstmord und mußte mich beherrschen, nicht auf sie einzuschlagen.
Während eines Streits warf ich einmal einen Gürtel nach ihr. Unglücklich traf sie die Schnalle an der Stirn. Der Erfolg: eine Beule und schreiendes Weinen.
Aber nachdem wir endgültig Schluß gemacht hatten, verfolgte ich sie und bemühte mich, sie an mich zu erinnern. Zufällig erfuhr ich zu dieser Zeit, daß sie einen deutschen Ingenieur als Freund hatte und bei einem Heurigen servierte. Also lud ich Conny, einen Freund, ein, fuhr mit ihm zum Heurigen und ließ mich dort vor Irenes Augen gnadenlos vollrinnen. Als sie vor mir mit ihrem Freund zu schmusen begann, torkelte ich fluchend aus dem Lokal. Conny brachte mich verständnislos blickend heim, wo ich heulend in die Federn fiel.

Meine kleine Nichte hatte zu dieser Zeit ein Bild von mir gezeichnet. Ich war darauf mit Kugelkopf dargestellt. Um mich standen Menschen, die sich alle abwandten.

Wir spazierten in dem kleinen Nest Ortehesir die Hauptstraße entlang, einen Entenschwanz von Türken hinter uns. Auf vielfache Einladung setzten wir uns dann in den Garten eines Teehauses, das, wie üblich, nur von Männern besucht war. Jeder von ihnen hatte ein „Stamperl“ Chai vor sich stehen und rauchte. Dieses genießende, ruhige Zigarettenrauchen war überhaupt etwas, das ich an den Menschen hier gerne beobachtete. Es beruhigte mich. Meine Art zu rauchen war hektisch, Zug um Zug.
Ich erinnerte mich an zwei Türken, die ich zu Hause, eine Mathematikarbeit vor der Nase, vor meinem Fenster beobachtet hatte. Die beiden waren auf einem Neubau beschäftigt.
Es war Winter. Die Welt endete nach einem engen Schleiermantel. Die Lichtsignale entlang der Schienen leuchteten wie Notsignale Hilfesuchender. Nicht weit entfernt, auf einem Bauplatz, tollte ein vermummter Herr mit einem Hund umher. Genau unter meinem Fenster hatten sich die zwei Arbeiter in einer Pause ein Feuer angezündet, an dem sie rauchend und sich laut unterhaltend saßen. Neben sich hatten sie Aktentaschen stehen. Einer der beiden trug eine altmodische Schifahrermütze. Ein Bein übergeschlagen, palaverten sie und untermalten ihr Gespräch mit Hand-

bewegungen. Ich belauschte sie interessiert. Mir gefiel diese ü-reiche Sprache. Ich wünschte mir, bei diesen Menschen sitzen zu können, um sie kennenzulernen.
Die Männer in Ortehesir umringten uns, wir waren willkommene Abwechslung für ihre ländliche Langeweile. Die Angebote an Getränken konnten wir nur mehr mit einem „Tesekür ederim“ ablehnen, was unsere Gastgeber mit einer wohlwollenden Miene akzeptierten.
Mit einer mittleren Nikotin- und Teevergiftung rafften wir uns dann auf, ein Restaurant zu besuchen. Wir waren dort leider die einzigen Gäste, was sich auf die Qualität der Speisen eher unangenehm auswirkte. Der Kellner lächelte überaus freundlich mit seinem zahnlosen Mund, seine Jacke war dezent mit Blut bespritzt. Martin und ich aßen schnell, um wieder ins Freie zu gelangen, da die Luft im Saal stickig war. Zwei unserer Bekannten saßen andächtig neben uns und ergötzten sich an unserem gespielten Appetit. Bei der Zahlzeremonie hielt uns einer von ihnen mit Gewalt in Schach, während der andere unsere Rechnung beglich. Irgendwie begriff ich diese Freundlichkeit gar nicht, ich fühlte sie beinahe wie unangenehme Zudringlichkeit. Wenn ich mich erinnerte, was meine Arbeitskollegen beim „Joben“ in der Lackfabrik über die Türkei gesprochen hatten, konnte ich nur mitleidig über so viele Fehl- und Vorurteile lächeln. Jetzt ging es wieder auf einen Kaffee zu einem französisch und englisch sprechenden, jüngeren Mann. Er hatte einen ernsten, berechnenden Gesichtsausdruck, der mir unsympathisch war. Ich versuchte, meine Abneigung zu verdrängen.
Mehmet führte uns also in sein Haus, das sogar Fließwasser in der Küche installiert hatte. Das WC war jedoch, wie bei den anderen Dorfbewohnern, ein in Beton gemauertes, magisch duftendes Loch mit allen Finessen. Daneben stand umgekippt ein kleiner, zerbeulter Eimer, der die Handspülung darstellte. Die Häusltür war eher sinnlos, da sie nicht zu versperren und angellos war. Diese Gegebenheit sollte mir in später Nacht noch zum Verhängnis werden.
Mehmet führte uns in Küche und Schlafzimmer, in dem lediglich zwei Betten und eine Truhe standen. Wir setzten uns auf den Teppich und ließen uns von der vermummten Frau des Hauses Kaffee servieren. Ich hatte Lust, der Frau des Gesichtstuch herunterzureißen oder sie in den Po zu zwicken. Mehmet hätte mich dafür wahrscheinlich gekillt. Wir plauderten über unsere Berufe. Mehmet arbeitete nur vier, fünf Monate im Jahr als Reiseführer, die restliche Zeit faulenzte er in Ortehesir. Ab und zu ließ er sich von einem

Esel zu den Gemüsefeldern tragen, die einige Kilometer vom Dorf entfernt in einem ausgetrockneten Flußbett lagen, wo etwas Vegetation und Feuchte zu finden war. Ich nahm an dem Gespräch nur mit halbem Ohr teil, da ich über die Stellung der Frau in diesem Land nachdachte.
Ihr Leben besteht einzig und allein aus Arbeit, dem Gebären von Kindern, sowie deren Erziehung.
Natürlich muß sie auch neben dem Haus die Felder pflegen, da sich der Mann für diese Arbeit zu gut ist und nur das im Ausland hart verdiente Geld schlichtet. Vielleicht ist es als Vergnügen zu werten, daß die Frau bei Bedarf die Beine spreizt, um auch hier Pflichtbewußtsein zu zeigen. Mir scheint, sie kennt auch kein ausgewogenes Gespräch mit dem Gatten oder ein Mitspracherecht bei dessen Entscheidungen. An dieser Stufung und Ungerechtigkeit hat viel die Religion schuld, die offensichtlich der Haupterzieher der Menschen hier ist.
Später wurden wir von einigen Männern abgeholt, um mit einem Auto in ein Nachbardorf zu einer Hochzeit zu fahren. Die Türken waren sehr freundlich und sahen es als Selbstverständlichkeit, daß Fremde an der Hochzeit eines Einheimischen teilnehmen. Der Fahrer raste über die Staubstraßen in die Dunkelheit hinein, daß wir drei uns ängstliche Blicke zuwarfen. Der Kassettenrecorder plärrte mit Ach und Krach Volksmusik, und der vorne sitzende Beifahrer erzählte dem Schofför eine nicht enden wollende Geschichte. Mehmet hockte neben uns und starrte ernst ins Finstere hinaus. Mein Körper roch, vor Lena war mir das peinlich.
In dem Festraum saßen die Männer auf Matratzen entlang der Mauern. Bei unserem Eintritt schauten alle her, überhaupt, als uns Mehmet als Österreicher vorstellte. Wir nahmen nebeneinander Platz. Lena schien die Situation nicht zu verkraften, denn sie getraute sich kaum, den Kopf zu heben und jemandem in die Augen zu blicken.
Die geladenen Frauen hielten sich mit der Braut in einem anderen Teil des Gehöftes auf. Lena wurde bald vom jungen Bräutigam gebeten, ihm zu folgen. Er sprach Deutsch, da er in Frankfurt gearbeitet hatte.
Vorerst tranken wir Bier und aßen kleine, kalte Fleischspeisen. Von den neben mir sitzenden, alten Bauern sprach keiner eine andere Sprache als Türkisch. So konnte ich mich nur mit Martin unterhalten.
Die Türken waren klein von Statur, hatten eine Gesichtshaut wie Leder und trugen alle einen buschigen Schnauzer. Manchen von ihnen waren die Haare schon ergraut.

Das Tuborg-Bier schwemmte meinen Bauch auf. Martin, ein leidenschaftlicher Nichtraucher, zündete sich ungeschickt eine Zigarette an. Er plauderte mit seinem Nachbarn, der monateweise in München arbeitete.
Gegen 11 Uhr, kurz nachdem Lena zu uns zurückgekehrt war, wurden mit großem Hallo drei verwegen aussehende Musikanten begrüßt.
Lena wirkte gedrückt und erzählte, daß die Frauen Kekse essen, Tee trinken und zu Kassettenmusik tanzen würden. Hier, bei uns, war schon die Hölle los. Ich merkte, wie Raki und Bier meinen Kopf benebelt hatten. Die Luft war von Rauch geschwängert, zwanzig verschiedene Themen wurden kreuz und quer palavert, während die Musiker ihre Instrumente stimmten.
Ishan präparierte eine fette Haschischzigarette. Martin bekam den ersten Zug. Ishan blickte ihm komplimentheischend in die Augen, Martin applaudierte unter einem Hustenanfall. Nach zwei Zügen saß ich am Plafond des Zimmers und genoß berechnend jede Impression. Ich hielt mich für eine brummende Fliege und hängte das Schild „BITTE NICHT ANSPRECHEN" um meinen Hals.
Das Trio mit den Instrumenten Fiedel, einer Art Gitarre und kleinen Handtrommeln machte wahnsinnig schnelle, rituelle Musik. Ein jüngerer Mann mit Basedowaugen und dem Drang, pro Viertelstunde ein Bier zu knacken, fungierte als Tänzer. Er schwitzte bald so heftig, daß er sein Hemd ablegte und mit einem schmutzigen Unterleibchen herumtobte. Wir Gäste waren begeistert. Natürlich tanzte er hüfteschwingend auch immer wieder auf Lena zu, neckend und sich wie der Hahn am Mist aufplusternd. Lena mußte einige Male mit ihm tanzen, obwohl sie die Bewegungen gar nicht beherrschte und eher in eine Diskothek der Stockholmer Gamla Stan gepaßt hätte Ich saß mit total trüben Augen da und belustigte mich an ihrem kaschierten Unbehagen. Die türkischen Männer beklatschten sie aufreizend, geil trieften ihre Lefzen. Ich begann eins zu werden mit ihnen und trenzte mit. Wahrscheinlich sahen sie mich wegen meiner schulterlangen Mähne, trotz Schnurrbart, als verkapptes Weib. In ihrem Rausch signalisierten sie mir durch einen bestimmten Tanzstil, daß sie mich am liebsten vernascht hätten.
Bald wurde ich schlaff. Von Alkohol, Haschisch und Zigaretten geschwächt, wurde mir auch noch vom Genuß zu vieler verschiedenster Nüsse schlecht. Erleichterung suchend, torkelte ich ins Freie. Meine Augen hörten sofort zu brennen und zu tränen auf. Dann pißte ich neben der Hoftüre an

die Mauer und übergab mich. Eben tappten in der Dunkelheit einige Männer vorbei, die aufmunternd lachten. „Aber ich liebe euch doch. Ich bin superschwul", sagte ich leise mehr zu mir selbst und preßte ein Papiertaschentuch vor den Mund.
Beim Auf- und Abgehen wünschte ich mich wieder einmal in ein Bett. Wir mußten morgen zeitig auf, da wir unterirdische Kirchen und Wohnhöhlen aufsuchen wollten.
Ich riß mich zusammen und stapfte mit meinen Wanderschuhen wieder ins Haus. Als ich dabei den Frauentrakt passierte, lachten einige Mädchen über mein Aussehen. Ich lachte auch über ihre ulkigen Pyjamahosen, die sie unter dem Rock trugen. Ich dachte an die Werbeplakate zu Hause, auf denen Schönheiten mit winzigen Unterhöschen zu sehen waren. Doch was ist die Ware wert! Noch immer lachend, machte ich einige Schritte auf die Mädchen zu, worauf sie erschrocken die Türe schlossen und durch einen Vorhangspalt zu mir herauslugten. Ich machte irre Faxen, schnitt tolle Gesichter und begann türkisch zu tanzen. Drinnen hörte man Kichern.
Immer wieder unterbrach ich, um zu lachen. Jetzt fiel mir auch dieser urige Typ von Straßenfotograf ein, der mich in Istanbul abgebildet hatte, da ich ein Foto für meinen türkischen Studentenausweis benötigt hatte.
Er war ein alter, kleiner Mann, der langmächtig an der antiken Kamera herumfuchtelte, bis er endlich soweit war. Dazwischen störte ihn ein teuflischer Niesanfall. Eifrig wischend versuchte er, eine Ladung Rotz, die ihm auf seine Jacke geflitzt war, zu entfernen. Der Erfolg war, daß er den Schleim nicht mehr von der Hand brachte. Immer wieder klebte dieser Klumpen wie Klebstoff an seinen Händen oder an seiner Kleidung. Dann, ohne im geringsten verlegen geworden zu sein, musterte er mich prüfend, verschwand endlich elegant hinter seinem schwarzen Tuch und drückte ab. Martin stand hinter ihm und zeigte das Vöglein.
Plötzlich, the show must go on, packte mich der Bräutigam unsanft an der Schulter und schubste mich vom Frauenhaus weg. Meine Erklärungen nahm er mit unfreundlichem Gesicht an und machte mir eindeutig klar, daß ich SEIN Gast war. Okay, so nahm ich erleichtert abermals im Festzimmer Platz.
Auf dem Tischchen herrschte totale Unordnung. Das Rakiglas war Insel in einer Bierpfütze und Erdnußschalen dekorierten halbgegessene Keftedes. Mehr oder minder betrunkene Männer lümmelten auf Matratzen und Pölstern.

Jetzt verstärkten das Originalmusikertrio Gäste, die ebenfalls Instrumente beherrschten und diese mitgebracht hatten. Bulent, ein imposanter Kerl mit mächtigem Bauch, schlug eine Art Congatrommel in rasantem Stil. Ich war hingerissen und klatschte, wenn auch bestimmt, im falschen Rhythmus, mit.
Das war mir positive Sattheit. Nicht diese Rülps- und Verdauserenade bei einem Familientreffen, wenn jeder soviel gefressen und gesoffen hat, als sein Magen fassen kann.
Plötzlich wurde ich von Mehmet auf die Schulter getippt. Er machte die „Komm-mit"-Handbewegung. Wir brachen auf. Ohne größere Verabschiedung verließen wir den Raum. Die Männer waren sich, wie ich später erfuhr, unseres Wiedersehens sicher, da die Hochzeitsfestivitäten eine Woche dauerten. Benommen von Alkohol und Shit schlüpfte ich verkehrt in meine Schuhe und latschte wie Donald Duck zum Wagen.
Ich fühlte mich nicht gut, war verschwitzt, stank nach Rauch und hatte im Mund einen ekelhaften Geschmack. Im Radio schluchzte Santana „Samba Pa Ti". Ich lehnte mich zu Lena und wollte ihr von Liebe erzählen. Mehmet zeigte ein saures Gesicht, worauf ich ihm von Carlos Santana schilderte. Er meinte bissig, daß er Santanas Musik nicht leiden könne und somit auch ihn nicht. Die Art, wie Mehmet mir das sagte, machte mich streitsüchtig.
Zu Hause lehnte ich die WC-Türe ungeschickt an, worauf sie mir beim Geschäft auf den Kopf krachte. Durch die Wucht verlor ich auch noch das Gleichgewicht und griff wie ein Weitspringer nach hinten; leider nicht in den Sand.
Beim Erwachen brannten mir Augen und Lippen. Die Schläfen waren heiß. In meinem Schädel klopfte jemand mit einem Hämmerchen. Nach längerem Jammern, das anfangs von einem qualvollen Seufzen beantwortet wurde, krochen auch Martin und Lena aus dem Bett. Schweigend schlichen wir um acht Uhr morgens aus dem Haus. Ich war erleichtert. Um Mehmet nicht zu kränken, hinterließ jeder von uns einige Lira auf dem Küchentisch.
Als wir auf die Straße traten, blendete mich das Sonnenlicht. Ich nestelte in der Tragtasche nach den Brillen.
Nach flottem Dahinwandern über Feldwege gelangten wir auf eine Straße. Ein Getränkewagen nahm uns zu den unterirdischen, byzantinischen Kirchen mit, die wir besichtigen wollten.
Mit großen Augen wanderten wir in ein Tal hinein. Wir waren von unkontrolliert fotografierenden Deutschen und Franzosen umringt. Auf beiden Seiten führten Gänge in die

Talwände. Schilder mahnten, sich nicht zu verirren. Wir kosteten die Kühle in den Höhlen aus. Ich überlegte krampfhaft, um eine gelungene, historische Bemerkung anzubringen. Über einem lebensgroß gemalten Kaiser stand „Egon aus Bonn war hier" geschrieben. Vor einem Heiligenbild auf einer steinernen Bank sitzend, meinte Martin, daß es toll sein müßte, in einer Höhle längere Zeit zu wohnen. Ich steckte nickend eine Zigarette in den Mund.
Wir marschierten einfach los, uns eine Höhle zu suchen.
Still legten wir unseren Weg zurück. Ein Bauer betete im Staub liegend Richtung Mekka. Ich war plötzlich stark, die Hitze hatte mich ausgebrütet. Ich bekam Mut. Mut, um mich von Anhängseln wie Heimat oder gesicherte Zukunft zu befreien. Zeilen eines Gedichtes fielen mir ein. Während ich versuchte, mir die Gedanken einzuprägen, sangen Lena und Martin Lieder.
Nachdem wir ein schmales Tal durchquert hatten, erkletterten wir keuchend einen Berg. Immer wieder stießen wir auf verlassene Höhlen. Keine schien uns recht.
Endlich fanden wir die richtige: großräumig, ein kleines Fenster, das wichtig für erfrischende Zugluft war, anscheinend frei von irgendwelchen Tieren.
Wir machten es uns bequem. Zuerst räumten wir Steine und Äste ins Freie, dann wurden die Schlafsäcke aufgebreitet und das Gepäck verstaut. Vor unserer Höhle: ein reichhaltiger Gemüsegarten mit Kartoffeln, Eierfrüchten, Äpfel, Kürbissen und Melonen. Wem das alles gehörte? Einem türkischen Bauern, der bestimmte nicht böse war, wenn wir uns einige Früchte ungefragt nehmen würden. Martin und ich stiegen ins Tal, um eine Quelle zu suchen. Lena baute inzwischen eine gesicherte Feuerstelle. Wir freuten uns wie Kinder.
In guter Laune kamen wir im beinahe ausgetrockneten Flußbett an und folgten einem dünnen Rinnsal, dem letzten Rest des einstigen Flusses. Dabei stießen wir auf immer mehr Eselsspuren, was unsere Hoffnung auf eine Wasserstelle vergrößerte. Wirklich fanden wir eine herrlich sprudelnde, schwefelige Mineralwasserquelle, die einer Felswand entsprang. Nachdem wir genügend getrunken hatten, entkleideten wir uns und wuschen uns in einem tieferliegenden, natürlichen Becken, das auch als Tiertränke verwendet wurde. Das Wasser war jedoch stets frisch und rein, da andauernd neues nachfloß und das schmutzige ringsum in zahlreichen Gräben versickerte.
Plötzlich tauchte ein alter Mann mit einem Muli auf. Vor sich hinbrummelnd, trottete er, sein Tragtier nachziehend,

auf uns zu und grüßte mit einer lässigen Handbewegung. Unsere Anwesenheit schien ihn nicht im geringsten zu verwundern. Er redete auf uns ein, obwohl wir ihm klargemacht hatten, daß wir nichts verstanden. Immer wieder strich er an seinem buschigen Schnurrbart, während er kleine, gelbe Äpfel schälte, die er auch uns anbot. Seine Mütze im Nacken saß er nun da, plauderte unentwegt. Der Muli schlemperte eine Menge Liter Wasser. Wir warfen uns im nassen Gewand unschlüssige Blicke zu. Martin füllte den Wassersack und unsere Feldflaschen.
Als sich das Muli einen mächtigen Bauch angesoffen hatte, nahm auch der Alte noch einen Schluck und brach dann auf.
Martin und ich begannen mit dem Aufstieg zu unserer Höhle, die in ca. zwanzig Minuten zu erreichen war. Obwohl es schon vier Uhr nachmittag war, rann uns der Schweiß in Bächen am Körper runter. Gleichmäßig stapften wir dahin. Ich war befriedigt und satt.
Während wir am Bergkamm marschierten, bestrahlte die abendliche Sonne ein faszinierendes Landschaftsbild: bizarre Felsformen, goldene Getreidefelder, grünende Feigenbäume.
Ich war glücklich wie noch nie.
Bald nachdem es finster geworden war, schlüpften wir in unsere Schlafsäcke und schliefen. Vorher hatten wir bei dämmrigem Licht Eierfrüchte gebraten und Tee gekocht. Mit Brot war unser Hunger gestillt, und wir waren uns sicher, daß wir in keinem Restaurant besser speisen hätten können. Um mich war es dunkel, Stille summte in den Ohren. Ich beruhigte mich durch mein eigenes Atmen, das mir unnatürlich hart und schnaufend schien.
Um sechs Uhr rasselte der Wecker, Martin stellte ihn gähnend ab. Ich war zwar ausgeschlafen, spürte aber durch die harte Lage jeden Knochen. Nach einigen gymnastischen Übungen fühlte ich mich bedeutend wohler. Wir waren alle drei gut gelaunt und beschlossen, möglichst lange in unserer Höhle zu bleiben.
Lena und Martin zogen dann ab, da sie eine einige Kilometer entfernte Höhlenstadt besichtigen wollten. Eine Tagestour, die sie Autostop hinter sich bringen wollten.
Ich blieb zurück, saß auf einem Stein vor der Höhle und las stundenlang Sartres „Pfahl im Fleisch". Es wurde immer wärmer, Schafe blökten in der Nähe. Langsam wurde ich Sonne und Hitze. Staub klebte an meinem schweißnassen Rücken.

5.

Jetzt hatte ich Geld, da ich in der Lackfabrik gearbeitet hatte. Als ich den Kollegen erzählte, daß ich in die Türkei trampen würde, rissen sie Mund und Augen auf. Sie verstanden nicht, warum man so einen Unsinn vorhaben könne.
In der Lackfabrik wurden keine Gastarbeiter aufgenommen, man verzichtete auf diese Arbeitskräfte. Als Grund gaben die leitenden Angestellten an, daß durch Sprachbarrieren Gefahren auftreten könnten.
Der Chefingenieur, ein Lulatsch von zwei Metern, schritt ein-, zweimal pro Tag lustlos durch die Halle und kontrollierte die Farbmischungen und sonstige Arbeitsprozesse. Die Arbeiter hatten Angst vor ihm. Erst unlängst hatte er auf der Stelle einen fünfzehn Jahre in der Firma tätig gewesenen Vorarbeiter entlassen, da dieser betrunken gewesen war. Klar, daß man nun Angst hatte vor dem Ertapptwerden, da allgemein heimlich getrunken wurde. Wir saßen oft in einem Dachbodenkammerl, den Doppler in einem Kübel Wasser gekühlt, flüsternd, um ja keinen „Oberen" zu unserem Versteck zu lenken. Täglich brachte ein anderer Arbeiter Alkohol mit, täglich fuhr ich mit einem leichten Rausch nach Hause.
Ich konstatierte meinen Niedergang auf Dauer, meine Kraftlosigkeit wurde deutlicher. Oft begann ich schon um zwei Uhr früh zu arbeiten. Leicht alkoholisiert und dumpf im Schädel stempelte ich um fünf Uhr nachmittags an der Uhr. Der Portier machte oft eine Stichprobe in meiner Tasche, ob ich auch keine geklauten Dinge heimtransportieren würde. Mir war alles egal.
Sogar als Konak, eine Studienkollegin, eines Tages plötzlich beim Auto wartete und mich überreden wollte, mit ihr baden zu gehen, lehnte ich mit einer banalen Ausrede ab. Ich war zu faul, zu schmutzig, zu stinkend, zu verdrossen für ihren Vorschlag, der ja in Wahrheit Bumsen, keineswegs Schwimmen bedeutet hätte.
Konak, die mich begehrt hatte, lud mich noch ein, sie doch anzurufen. Sie hätte eine Badehütte zur Verfügung, . . . wir könnten allein sein.
Mir wurde übel bei dem Gedanken, ihren Speichel in meinem Mund spüren zu müssen.
Konak stand noch immer lächelnd vor mir, die Arbeiter um mich glotzten.
Vor einigen Wochen hatten wir in meinem Auto gebumst. Konak war heiß wie ein Bratapfel. Draußen, über den Schrebergärten, schien der Mond und spiegelte sich romantisch

im Teich. Die Stoßdämpfer ächzten. Es war herrlich, Konak zu annektieren. Sie stöhnte und jaulte wie verrückt, das allein war toll. Die Fenster beschlugen sich wie die Brillen eines Teetrinkers, sodaß ich nachher auf ihnen mit dem Zeigefinger unsere Namen schreiben konnte. Unsere Geschlechtsorgane waren naß und klebrig. Ich hatte die Polsterung des Rücksitzes beschmutzt.
Bald startete ich zittrig das Auto und fuhr Richtung Dorf. Ich fühlte, daß Konak in mich verliebt war, während ich sie nur „mochte". Ich weiß nicht, welche Kategorie von Liebe das ist.
Konak hatte neben mir noch einen Freund, der ihr aber anscheinend nicht genügte. Bevor ich sie aussteigen ließ, erzählte ich ihr einen Standardhausfreundwitz. Sie lachte mehr als ich.
Ich wiederholte meine Ausrede vor der Lackfabrik und fuhr weg. Konak war mit einem Moped gekommen und zeigte enttäuschte Augen hinter den großen Sonnenbrillen.
Meine Eltern waren zufällig beide im Krankenhaus. Das große Haus mit seinen vielen Räumen bedrückte mich. Die Katzen regten mich mit ihrem ewigen „Fressenbetteln" auf. Ich setzte den Tieren den Inhalt einer Kitekatdose vor und beobachtete sie beim Vertilgen des Faschierten. Draußen wurde es dämmrig, und ein Tag fiel ins Wasser. Nur nicht allein sein, das bringt's nicht!
Ich setzte mich in den Wagen, um zum Heurigen nach Golstendorf zu fahren. Dort traf ich Walter, einen Arbeitskollegen aus der Lackfabrik. Seine Verlobte war ihm erst vor einigen Tagen abgehauen, was ihn aber anscheinend wenig berührte. Ich setzte mich an seinen Tisch und bestellte einen „Spritzer". Meine Niedergeschlagenheit quälte mich.
Walter und ich wußten uns an diesem Abend nichts zu sagen. Wenn andere Arbeiter an unserem Tisch vorbeischlenderten und wir erkannten sie aus der Fabrik, lachten wir ihnen zu und beschimpften sie mit „Säufer". Bei dem Gedanken, um ein Uhr morgens aus dem Bett zu müssen, wurde mir schlecht.
Ich saß gar nicht mehr an dem Tisch, hatte mich in Luft aufgelöst. Ich wurde zur Unwirklichkeit, meine Existenz wurde zur Unwichtigkeit. Um mich war kein Licht, ich tappte im Dunkeln.
Um ein Uhr dreißig läutete der Wecker. Ich wußte nicht mehr, wann ich nach Hause gefahren war. Die wenigen Stunden Schlaf waren jedenfalls zu wenig. Ich war mir sicher, daß ich diesen Tag nicht schaffen würde.
Im Auto schaltete ich den Scheibenwischer ein. Der Tau

hüllte mich in eine feuchte Decke. Auf der Bundesstraße begegnete mir kein einziges Auto. Unheimlich schien mir die tote Fabrik. Der Portier war über einem Heimatroman eingeschlafen. Mit verrutschter Krawatte wünschte er mir einen guten Morgen. Auf dem Weg zu den Umkleideräumen hatte ich Angst, von einem mordlustigen Idioten überfallen zu werden.
Ich hatte mir mit den anderen Arbeitern ausgemacht, daß wir uns in der Kantine treffen, um gemeinsam zu unserer Arbeitsstelle zu gehen. Meine Kollegen lümmelten in den Sesseln, rauchten und schlürften bitteren Kaffee aus dem Automaten. Sie unterhielten sich über irgendeinen Fußballspieler. Mir schien, daß sie möglichst lange den Tratsch hinauszogen, um nicht arbeiten beginnen zu müssen. Beim Zuhören fielen mir vor Schläfrigkeit die Augen zu.

6.

Ruckweise wurde ich wach und kehrte zurück. Neben mir lag Sartres „Pfahl im Fleisch", ein Käfer kroch über den schwarzroten Einband. Ich beobachtete das Insekt, das beharrlich versuchte, das Buch zu überqueren. „Hundert Wege gibt es, und gerade den nimmst du", dachte ich. Ich wollte gerne erfahren, ob der Käfer überhaupt sein Ziel wissen würde.
Ich fühlte eine starke und gesunde Ruhe in meinem psychischen und physischen Befinden. Das Körperblut zirkulierte warm und gleichmäßig in mir.
Trotzdem wurde mir Stunde um Stunde mehr langweilig. Ich wartete auf die Rückkehr Martins und Lenas.
Ich stolperte über die Erdschollen ins Feld und pflückte einige Eierfrüchte, um ein Nachtmahl vorzubereiten. Als ich mich bückte, blökten unsichtbare Schafe, die Erdbrocken unter meinen Füßen zerbröselten.
Bald darauf keuchten Lena und Martin den Berghang herauf. Sie waren rotgesichtig, verschwitzt und voll von Erlebnissen, die sie mir berichten wollten. Aus der Tragtasche Martins blinzelten zwei Flaschen Rotwein, was mir klarerweise Freude bereitete.
Beim Abendbrot und dem Trinken des Weines erzählte mir Martin von den unterirdischen Kirchen aus christlich-byzantinischer Zeit und von der Bekanntschaft mit türkischen Männern, die auf Besuch kommen wollten.
Gegen zwanzig Uhr, das Lagerfeuer war verglüht, hörten wir Rufe. Es waren die türkischen Freunde Martins, die uns

zu einer Picknickparty im Tal abholen wollten. Einer von den dreien hieß Josef. Mit einer Taschenlampe gerüstet, begaben wir uns zu einer Sandbank des Flußbetts, wo auch der Wagen der Männer abgestellt war. Einer von ihnen, Ali, hatte Geburtstag und spendierte eine Kiste Tuborg. Der dritte der Türken war Gemüsehändler und hatte deshalb einen Korb Früchte mitgebracht. Wir entfachten abermals ein Lagerfeuer, um Sicht und Schutz gegen die Insekten zu haben, entkorkten die ersten sechs Bierflaschen und begannen, Tomaten mit Brot zu speisen. Ali stellte das Tonband im Auto an, und durch das ruhige Tal dudelte auch schon türkische Musik.

Wir unterhielten uns angeregt über die Schönheit der näheren Umgebung, Josef wußte viel zu erzählen. Er arbeitete das ganze Jahr in Frankfurt in einer Konservenfabrik und sprach sehr gut Deutsch. Die beiden anderen Türken verlegten sich lieber darauf, Lena lüstern anzustarren. Der Gemüsehändler, ein kahlgeschorener, kleiner Mann, nachlässig gekleidet, war mir durch seine Rattenaugen und seinen hämischen Mundzug unsympathisch. Er lehnte dauernd an der Bierkiste, kaute an einem Zahnstocher und beluchste die Schwedin. Josef stellte zusätzlich zu den Bieren eine Flasche Raki in den Sand, die wir in kurzen Zeitabständen kreisen ließen. Die Dunkelheit flimmerte, Insekten gaukelten um unsere Köpfe. Ich genoß dieses Erlebnis voll, ließ mich in die Rückenlage sinken und betrachtete den Sternenhimmel.

Nach etlichen Bieren war den Türken zum Tanzen zumute. Tollpatschig versuchten wir, die wellenartigen und weichen Bewegungen unserer Partner nachzuahmen. Ich tanzte mit Ali und war mir nicht mehr sicher, ob ich Männchen oder Weibchen wäre. Alis Goldzähne leuchteten wie Seebojen in der Nacht. Ich war zu betrunken, um von Hemmungen gebremst zu werden.

Der Gemüsetyp versuchte immer wieder, Lena zu berühren. Sie setzte sich und rauchte. Josef sprach mit dem lüsternen Melonenzüchter ein ernstes Wörtchen, welches seine Brunft dämpfte.

Mir war vom Saufen schon hundsübel. Ich wollte Schluß machen und in den Schlafsack kriechen. Doch die anderen kamen immer besser in Laune und hielten mich davon ab, in die Höhle aufzusteigen. Kaum hatte ich ein Glas Raki ausgetrunken, schenkte mir einer der Türken das nächste voll. Ich hatte es satt, mich zu betrinken und schüttete den Schnaps heimlich in den Sand.

Die Nacht war lau und angenehm, kein Lüftlein regte sich.

Martin und ich wurden aufgefordert, österreichische Lieder zum besten zu geben. Mir fielen, wie immer, nur die ersten Zeilen gewisser Lieder ein. Außerdem sang ich erkennbar falsch. Die Türken lauschten eine Weile unserer blamablen Vorstellung, dann verlegten sie ihr Interesse wiederum auf ihr eigenes Liedgut. Der Gemüseonkel bekleckste sich mit dem Saft einer Wassermelone und spuckte Kerne durch die Gegend. Josef zauberte nun auch einen Plattenspieler aus dem Kofferraum seines Fords und spielte damit kratzende Singles.
Endlich wurden auch die anderen müde, und wir tappten, nachdem wir Adressen ausgetauscht hatten, gegen eine schwarze Wand los. Der Ford fuhr im Sand knirschend dem Talausgang zu. „Wie ein UFO segeln die ab", sagte Martin, dann fiel er zum ersten Mal auf die Nase. Lena und Martin flatterten mit ihrer Schlagseite wie gehetzte Nachtfalter über die Hänge, rutschten oft aus, kreischten vor Übermut, rannten an Obstbäume an und rutschten am Hosenboden Sandberge hinunter. Anfangs lachte ich auch sehr viel darüber, doch bald kapierte ich, daß die Sache gefährlich wurde. Je höher wir kletterten, desto steiniger wurde der Boden. Risse und Schluchten taten sich auf. Am ärgsten machte mir die Dunkelheit zu schaffen, denn Martin hatte in seinem Suff irgendwo die Taschenlampe verloren. Ich sah kaum drei Meter weit und oft im Mondschatten überhaupt nichts mehr.
Ich ging voran und lotste meine Freunde. Das war sehr schwierig, denn Martin keppelte andauernd, daß ich auf falschem Weg wäre und uns alle in die Irre führen würde. Als mir seine Nörgelei zu dumm wurde, ließ ich ihn vorausgehen. Prompt standen wir kurze Zeit später vor einer falschen Höhle. Fluchend übernahm ich wieder das Kommando und fand bald, glücklicherweise, unsere Höhle. Wir rollten uns müde in unsere Schlafsäcke. Lena murmelte auf schwedisch vor sich hin.
Als ich mich am Morgen aufrichtete, war um mich erschreckende Unordnung. Ich konnte mich nicht erinnern, daß wir nachts, beim Heimkommen, eine derartige Verwüstung unter unseren Habseligkeiten gehabt haben sollten. Andererseits schien es mir unmöglich, daß ein Fremder in die Höhle eingedrungen war, ohne daß wir durch Geräusche geweckt worden wären. Draußen erleuchtete die Sonne schon die Landschaft. Von der Quelle her hörte man das Schreien der Mulis.
Nach dem Frühstück marschierten wir los, um Wasser zu holen und uns zu waschen. Frischer Mist dampfte im Sand,

eine Schafherde war noch nicht lange weg. Bei der Körperpflege wurde mir bewußt, daß meine Bedürfnisse und mein Denken auf das Elementarste eingestellt waren.
Am nächsten Tag stoppten wir zu dritt in die nächste Stadt, um Lebensmittel zu besorgen. Ein Lastwagenfahrer, der Sand transportierte und unheimlich schwitzte, nahm uns mit. Lena stürzte, als sie aus dem Fahrerhaus sprang und landete kreischend in einer Wasserpfütze. Später, nachdem wir Eier, Brot, Wein, Tomaten und mehr eingekauft hatten, saßen wir in einem Kaffee und aßen Pudding. Lena mit nasser Jean. Wir lernten natürlich wieder etliche Einheimische kennen, die uns überreden wollten, doch ein Hotel des Städtchens zu beziehen. In Höhlen würden nur Zigeuner wohnen. „Wir sind ja Zigeuner", sagte ich lachend und großspurig.
Ein Taxifahrer führte uns für eine geringe Summe zu unserer Wasserquelle zurück. Vorne saßen seine zwei Kinder, das Radio war auf Höchstlautstärke eingestellt. Hinten zwängten wir uns zu viert, denn ein Freund des Schofförs war auch mitgekommen. Wir klebten über- und ineinander, ich war froh, daß wir nach einer Viertelstunde aus dem Wagen kletterten. Kaum hatten wir gezahlt und uns verabschiedet, merkte ich, daß es naß aus meiner Tragtasche tropfte. Eine nette Bescherung: Alle in meiner Tasche aufbewahrten Dinge waren in Dotter und Eiklar getränkt. Als ich meinen Paß aufschlug, lugte ich unkenntlich zwischen einer klebrig tropfenden Masse hervor. Die mit Tinte ausgefüllten Zeilen, meine Unterschrift, alles zur Unleserlichkeit zerronnen! Sartre ertrank in zerbrochenem Ei, und mein Notizblock mit anspruchsvollsten Gedichten ähnelte einer Speisekarte. Martin und Lena lachten sich krumm, während ich mit der Reinigung begann. Nachher legte ich den Paß zum Trocknen auf einen Stein in die Sonne.

7.

Hanne schoß mir in den Sinn, mit ihrer violetten Samtjean und ihren dünnen Lippen. Wie ein Hündchen war sie ihren Bezugspersonen gefolgt.
An einem regnerischen Tag streunten wir staunend durchs Topkapi. Touristen tropften durch die Gänge. Martin schwebte im Kulturgenuß und zeigte Interesse an allem Gold und wertvollem Gestein. Manchmal zitierte er schmunzelnd Dagobert Duck: „Gold und Silber mag ich leiden, kann ich gut gebrauchen." In den Räumen roch es nach

vermodertem Stoff. Lars Gustaffsons Roman „Wollsachen" tauchte in meiner Erinnerung auf. Meine Eindrücke blieben an der Oberfläche kleben.
Ich dachte nach, wie ich Hanne überreden könnte, sich mit mir in eine einsame Ecke zu verkriechen. Ich wollte mit der Nase in sie hineinstupsen, meinen Mund mit ihren Hauthärchen kitzeln, mit ihren polnisch-dänischen Hauthärchen, die nach langgetragenen Samtjeans und Salz riechen.
Als wir aus dem Palast traten, klatschte über Stanbul ein Wolkenbruch nieder. Wir zogen die Sandalen aus und liefen, was das Zeug hielt, zum nahen Hotel. Mooskopf, der Stuttgarter, begrüßte und mit den erlesensten Düften im Zimmer. Er hatte im Park vor dem Pudding-Shop Marihuana gekauft und bot jedem den Joint an. Hanne schnappte rasselnd den Rauch in die Lunge und blickte teilnahmslos wie immer.
Später hockten wir dann auf dem Eingangsportal eines alten Hauseinganges. Ich drückte Hanne an mich, die Gewitterwolken beschirmten uns. Ich kostete ihre Körperwärme aus, während ich jegliches Raum- und Zeitgefühl zum Teufel fahren ließ. „Jetzt und zu keiner anderen Zeit bin ich glücklich", stammelte ich auf Englisch, was die gute Hanne natürlich nicht übersetzen konnte. Vieles blieb ungesagt.
Ihre Haare waren noch naß vom Regen. Aus dem Mund roch sie nach dem Rauch des Joints. Ihre Fingernägel waren kurz, abgeknabbert und mit Trauerrändern. Durch ihr T-Shirt fühlte ich ihren kleinen, weichen Busen. Jedesmal, wenn wir uns küßten, kam wer die Straße entlang und begaffte uns interessiert. Wir fühlten uns verfolgt. Bald wurde ich müde und bat Hanne mitzukommen. Im Hotel las ich dann in einem Buch über Wälder und die dort lebenden Menschen. Wiechert hieß der Autor. Zwischen den Tannen und Fichten tauchte immer wieder Hanne auf.
Am nächsten Tag fuhren wir mit dem Zug hinaus vor die Stadt in ein öffentliches Bad. Es war furchtbar. Von den 2.000 Menschen waren höchstens zehn Mädchen in Pyjamas. Der Rest Männer, die uns unserer Freundinnen wegen umzingelten. Wenn Hanne schwamm, tauchten Kerle unter und betatschten sie. Wütend verscheuchte ich die Fans.
Als dann beim Sonnenbad ein Türke wie eine Klette bei uns lag und mit Hanne flirtete, stand ich auf und verließ das Bad. Ich wollte meine Ruhe haben. Zu Hause lag ich dann allein im heißen Hotelzimmer und dachte an meinen Freund Markus.
Ich mußte bald eingeschlafen sein, denn ich wurde erst

wach, als mich Mooskopf bei dämmrigem Licht mit einer Feder in der Nase kitzelte. Hanne war nicht im Zimmer, und Martin lud mich ein, mit ihm im Basar zu bummeln. Ich fühlte mich verdrückt und faltig wie ein gebrauchtes Leintuch, als ich auf die Straße trat. Im Innersten war ich erleichtert, daß ich wieder einmal allein mit Martin unterwegs war. Ich hatte unsere Freundschaft ohnehin schon wegen Hanne vernachlässigt.
In der Nähe des Basars trafen wir einen jungen Mann mit einem Tanzbären. Wir regten uns über die Tierqäulerei auf und beschimpften den um Aufmerksamkeit heischenden Burschen. Dem Bären war ein dicker Nasenring verpaßt worden, damit er nicht abhauen konnte. Seine Augen waren dunkel und traurig. Sie erinnerten mich an einen Schüler, den ich in meiner Studienpraxis unterrichtet hatte. Er war stets unwillig und bockig und wurde deshalb von seinen Eltern geschlagen. Die anderen Lehrer hielten natürlich eifrig mit. Wenn er einmal wieder gestört hatte, und ich auf ihn zornig losmarschierte, wirkten seine Augen ebenso auf mich wie die des Tanzbären. Beide Lebewesen hatten gelernt, nur auf Schläge zu reagieren.
Wir huschten in einen Laden und kauften einen Papiertopf voll harten Honigs, den wir dem Bären auf der Straße vor die Nase stellten. Durch unser Getue aufmerksam geworden, blieben immer mehr Fußgänger stehen und bestaunten, wie artig der Brummbär den Honig leckte. Sein Herr sah anfangs lächelnd zu, dann wurde er griesgrämig, da er lieber selbst mit süßen Liras verwöhnt worden wäre. Als ihm die Schleckerei des Tieres zu lange dauerte, stieß er mit dem Stiel der langen Lederpeitsche den Rest des Honigs in den Rinnsal, wo sich Abfall türmte. Das Publikum lachte schadenfroh, als der Bär hierauf schnaufend mit der Schnauze im Dreck wühlte. Martin und ich zeigten dem gemeinen Kerl jedoch den Vogel und die Faust, was ihm vor Publikum nicht gerade Freude bereitete. Zornig schleifte er den armen Kerl von Bär weg. Ich schlug vor, daß wir dem Besitzer das Tier abkaufen, es in die Berge bringen und laufen lassen. „Der wohlstandsverwahrloste Brummer frißt dann jede Woche einen durchreisenden Touristen und lebt ein gesegnetes Leben“, meinte Martin optimistisch.
Beim Kauf neuer Sandalen versagte ich total im Handeln und ließ dem Türken Geld für drei Paar zukommen. Martin tüftelte wie gewohnt an Armreifchen, bunten Steinen und seidenen Tüchlein.
Anschließend wateten wir am Rand des Kaufmannviertels durch Unrat, der von Katzen und Hunden geplündert

wurde. Auch Kinder, halbnackt und verschlottert, stöberten wie Ratten nach Eßbarem. Wenn sich dieses Land doch endlich von Unterdrückung und Abhängigkeit befreien könnte, damit jedermann sein Recht auf menschenwürdiges Dasein erhalten würde. Noch lebten die Arbeiter und Kleinbauern dösend in einer jahrhundertelang eingetrichterten Devotheit. Die wenigen Männer, meist Studenten, die gegen das Regime aufmuckten, wurden schleunigst ins Gefängnis oder ins Grab befördert.
Jetzt saßen die Gemüsehändler, Schuhputzer und Wasserträger im Kaffeehaus, tranken und rauchten. Sie verfolgten uns neugierig mit ihren Blicken, viele riefen uns englische oder deutsche Wörter nach. Wir reagierten auf keine Anrede, da wir möglichst schnell ein billiges Restaurant für ein Abendmahl finden wollten.

8.

Martin zerschnitt jäh meinen Traum. „Der Paß ist trocken. Trotzdem ist er fast unleserlich geworden. Die nächsten Kontrolleure werden Augen machen", sagte er fast schadenfroh. „Erhard mit Eierpaß." Mir war gar nicht zum Lachen, denn ich sah mich schon im Kittchen. So hing man an diesem blöden Papier und ließ sich beunruhigen. Ich verstaute den Paß in der gereinigten Tasche, setzte mich abseits unter einen Apfelbaum und suchte wieder Istanbul und Hanne.

9.

Martin saß bei untergehender Sonne vor der Höhle und nähte seine zerrissene Hose, Lena schrieb einen Brief an ihren Londoner Freund. Sie lächelte glücklich und merkte in ihrer Versonnenheit gar nicht, daß ich sie ungeniert beobachtete. Mir gefiel ihre Zufriedenheit und Freude am Leben.

10.

Als wir die Höhle verließen, trennten wir uns auch von Lena. Sie wollte mit dem Bus nach Istanbul zurückreisen, um von dort nach London, zu Mark, ihrem Freund, zu fliegen. Beim Abschied in das Tal ärgerte ich mich, daß ich das Geschirr so schlecht verpackt hatte, da es jetzt andauernd

unangenehm schepperte. Es war frühmorgens und kühl. Mit meinen Gedanken war ich schon in Konya, das wir in zwei Tagen erreicht zu haben hofften.
Bei den Quellen wuschen wir uns noch einmal gründlich. Lenas Haare waren so lang, daß sie ihre Brustwarzen bedeckten, wenn sie sich vornüber beugte ihr Gesicht reinigte. Das Wasser prickelte auf der Haut wie Soda. Nachdem wir die Wasserflaschen gefüllt hatten, marschierten wir Richtung Straße. Wir schwiegen. Martin war etwas mißgelaunt und wirkte unruhig. In Nevsehir, das wir nach einigen Autostoppetappen erreicht hatten, küßten wir Lena und wünschten ihr viel Glück. Sie lachte herzlich über meine Theatralik und verschwand unter Kartons schleppende Türken im Bus, der nach zwei, drei Minuten losfuhr.
Ich sah Lena nie wieder. Nach zwei Jahren, nachdem ich mir unzählige Male vorgenommen hatte, ihr einen Brief zu schreiben, schloß ich das Kapitel, zerknüllte den Adressenzettel und warf ihn in den Papierkorb.
In der Mittagshitze trotteten wir darauf an den Stadtrand. Ich war müde, traurig über die Trennung von Lena und durstig. Wir setzten uns in den schattigen Garten einer kleinen Kneipe und bestellten Cola. Martin nörgelte über die Hitze und den Staub der Straßen.
Bald schulterten wir die Rucksäcke und ließen Neveshir hinter uns. Martin begann zu stoppen, ich saß im Gras, an eine Reklamewand gelehnt und schrieb unkonzentriert an einem Brief an Irene.
Ein verbeulter Lastwagen mit zwei Männern auf der Ladefläche hielt an. Beide trugen riesige Turbane. Einer von ihnen machte uns klar, daß wir mitfahren dürften, wenn wir 100 Lira zahlen würden. Aus Prinzip sagten wir sofort „nein" und gingen vom Auto weg. Daraufhin schien es den Kerlen leid zu tun, und der Jüngere rief uns auf deutsch nach, daß wir trotzdem aufsitzen sollten. Wir warfen die Rucksäcke auf die Ladefläche, und schon fuhr der Lenker langsam an. Während wir dahinratterten, erzählte uns der jüngere der abenteuerlichen Typen, daß er wegen eines Verbrechens aus Deutschland abgeschoben worden war. Jetzt arbeitete er in einem Kalkwerk. Das war nicht zu verkennen. Er war überall mit Kalk bedeckt. Seine Lumpen waren weiß, der weiße Staub klebte sogar in seinen Mundwinkeln und Nasenlöchern. Der ältere Arbeiter hockte zusammengekrümmt in einer Ecke hinter der Fahrerkabine und verkroch sich unter einer Decke. Ich bereute schon, daß wir uns dieser Fahrt angeschlossen hatten. Der Kalkstaub wirbelte um uns und setzte sich in unserer Kleidung und in unseren

Haaren fest. Ich konnte kaum noch meine verdreckten Augen öffnen. Martin band sich sein Seidentuch um den Kopf und verschwand hinter seiner Parker. Der Typ redete immer noch auf mich ein, erzählte mit einem hinterhältigen Grinsen von seinen Betrügereien und schnorrte Zigaretten. Ich mühte mich, freundlich zu sein und rauchte mir mit ihm eine an. Innerhalb einer Minute war die Zigarette durch den starken Luftzug abgebrannt, ich hatte höchstens zweimal inhaliert, da mir jedesmal Asche in die Augen geflogen war. Jetzt schimpfte der Türke munter über seinen älteren Kollegen, belustigte sich über dessen sexuelle Impotenz und gab ihm einen Stoß in die Rippen. Der Alte starrte ihn unschlüssig an, murmelte einige Worte und verschanzte sich wieder. Mir wurde die Sache lästig. Ich versuchte, mir die Jacke über den Kopf zu binden, da meine langen Haare schon steif-klebrig geworden waren. Der Kerl ließ mir jedoch noch immer keine Ruhe, hockte sich vor mich hin und zeigte mir einen Springer mit einem kunstvoll ausgearbeiteten Griff. Um mir die Wirkungsweise der Waffe zu zeigen, stach er einige Male in die hölzerne Bordwand. Seine begeisterten Kommentare wurden in dieser instruktiven Phase türkisch und für mich unverständlich. Ich verzog mich wie eine Schnecke in ihr Haus hinter meine Samtjacke und beschloß, mich heldenmütig zu wehren, falls der Wahnsinnige auf mich losstechen sollte. Mit einer Hand fuhr ich in meine Amitragtasche und umfaßte den kantigen Griff meines Springers, den mir Günter für diese Reise geborgt hatte. Der Türke hockte noch immer vor mir, das Hosentor seiner zerfetzten Hose war sperrangelweit offen. Ich bemühte mich, uninteressiert zu wirken. Zur Abwechslung rauchte er einmal seine eigenen, verbogenen Zigaretten, nachdem das Messer in seiner Jackentasche verschwunden war.

Ich war erleichtert, als wir in die nächste Stadt kamen, in der die Arbeiter irgendetwas abholen mußten. Durch eine Verkehrsstauung stoppte der LKW, worauf Martin und ich sofort mit den Rucksäcken absprangen. Unser unangenehmer Reiseleiter gaffte verdutzt und schrie uns nach, daß wir doch noch mitfahren könnten.
In der nächsten Seitengasse versuchten wir, uns zu kämmen, was jedoch unmöglich war, da die Haare wie durch Klebstoff bewirkt, in Strähnen zusammenklebten. Wir kamen aus dem Fluchen nicht heraus und schworen uns, den nächsten Hitch besser zu prüfen.
Wir postierten uns nun vis a vis von einer baufälligen Auto-

werkstätte, in die Halbwüchsige übel aussehende Autowracks schoben.
Nach einer Viertelstunde hielt ein roter Laster, beladen mit Ziegeln. Ein etwa 40 jähriger Türke im Ruderleibchen beugte sich aus dem Fenster und fragte in schlampig gesprochenem Deutsch, wohin wir wollten. Als wir ihm Konya sagten, schlug er vor, daß wir einsteigen sollten. Gemäß unserem Schwur fragten wir nochmals, ob wir denn auch wirklich dasselbe Reiseziel hätten, während ich die Straßenkarte entfaltete und immer wieder auf Konya deutete. „Ja, ja“, versicherte der Türke lächelnd, dann schränkte er jedoch ein und zeigte auf ein Nest nördlich von Konya gelegen. Nach Bula, so hieß das Dorf, mußten sie also die Fuhre verfrachten.
Es war ziemlich eng, doch wir unterhielten uns wunderbar mit unserem deutsch sprechenden Gastgeber, der sich seinen Lastwagen in Deutschland erarbeitet hatte. Nun betrieb er mit seinem Bruder, der älter und dicker war, ein Transportunternehmen. Der Türke sprach sehr undeutlich und schusselig. Wir baten oft dreimal, daß er seine Worte wiederholen sollte. Angenehm müde saß ich in dem knatternden Monstrum zwischen dem dicken Bruder und Martin und sinnierte vor mich hin. Die Landstraße lief kerzengerade zu einem hitzegleißenden Pfeil zusammen. Die Kornfelder waren gelb, die Ähren prall.
Als wir eine Gegend durchfuhren, in der einige Tage vorher verheerende Unwetter niedergegangen waren, wurde die Armut der Menschen noch deutlicher. Bauern stapften bloßfüßig im Schlamm ihrer Felder, ribbelten Ähren zwischen ihren Fingern und blickten ratlos um sich. Die Strohdächer der Hütten waren eingestürzt, die Straßen mit zusammengeschwemmten Gegenständen übersät.
Der LKW-Fahrer hielt an und holte aus einem Krämerladen Süßigkeiten, die ich vorher noch nie gesehen hatte. Sie schmeckten ähnlich wie Vanillekekse, nur war die Füllung staubförmig und kratzte in der Kehle.
Plötzlich wurden wir von einer Polizeikontrolle angehalten. Der Beamte verhandelte lange mit dem jüngeren Türken, dann mußte dieser noch einige hundert Lira Strafe zahlen, da wir zu viert im Führerhaus saßen. Obwohl sich unser Freund lange wehrte, drängten wir ihm die Hälfte der Summe als Entschädigung auf, um unser schlechtes Gewissen zu erleichtern. Wir wollten, daß Freundlichkeit nicht auch mit Draufzahlen verbunden wäre.
Bei einer Tankstelle wartete ich allein im Wagen, während die anderen auf dem WC waren. Überraschenderweise

erklang aus dem Radio King Crimsons „In The Court Of The Crimson King“. Ich freute mich sehr darüber und genoß die mitreißende Stimmung dieser Musik. Seit Wochen hatte ich nur türkische Musik gehört. Martin würde es so ergehen, wenn er einen Song Bob Dylans oder Cohens hören würde. Mein Herz klopfte schneller, und ich wußte, daß ich die Melodie nie in meinem Leben vergessen würde.
Dann kamen die anderen, und der Lenker suchte einen Sender nach seinem Geschmack. Als ich mein Erlebnis Martin erzählte, nahm er es kommentarlos hin.
Wie eine Raupe schleppte sich der Laster über die Landstraßen. Im Fahrerhaus schmorten wir dem kühlen Abend entgegen. Immer wieder fielen mir die Augen zu, nach wenigen Minuten riß ich sie mit höchster Anstrengung wieder auf, da mir ein Bein eingeschlafen war oder ich dem Kurbler schon beinahe auf den Schaltknüppel fiel. Meine Lippen waren ausgetrocknet wie Tabakblätter. Wenn ich sie aneinander rieb, lösten sich kleine Hautfetzen.
Nach sieben oder acht Stunden ununterbrochener Fahrt kamen wir in Bula an. Der Fahrer hielt vor einem Kaffeehaus. Wir stiegen aus. Der Deutsch sprechende Bruder verabschiedete sich freundlichst. Wir waren allein.
Die Hände in den Hosentaschen standen um uns zwei Dutzend Männer und Buben, die stumm gafften. Einige Knaben mit kahlrasiertem Haupt schienen an unserem Wassersack Interesse zu haben, da sie ihn betasteten und eifrig berieten.
Am Dorfende hofften wir, baldigst einen Hitch aufreißen zu können. Die Sonne ging eben unter, Männer fuhren mit ihren Mopeds spazieren. Ab und zu hielten sie an und entzündeten die nächste Zigarette. Lange wurden wir von den Jungen begleitet, wobei einer von ihnen ununterbrochen vor uns Räder schlug. Ich fühlte mich bedrängt und wollte meine Ruhe haben. Einige Male traten Männer aus Hauseingängen auf uns zu und rieten uns, ein Taxi, meist Ford Kleinbusse, zu benützen. Es war schwer, ihnen zu erklären, daß wir umsonst reisen wollten. Unter den sorgenvollen Ratgebern waren viele Arbeiter, die in Dänemark oder Schweden Geld verdienten und sich nur auf Ferien daheim aufhielten.

Ich konnte mir nicht vorstellen, in dieser Einsamkeit, in diesem Staub, zu leben. Die Männer saßen sicher täglich unter einem überdachten Plätzchen, tranken Bier und Raki und erzählten einander Geschichten aus ihrer Jugend, in der der eine oder andere sein Geld im Ausland verdient hatte.

Die Sonne legte ein rotes Tuch über die unendlich weiten Grasflächen.
Der Lenker des frisch gekapperten Autos war auf kein Gespräch aus. Sein kleiner Sohn schaute ebenso stur geradeaus. Martin döste zeitweise, er war mit seinen Kräften am Ende.
Nach zwei anstrengenden Reisetagen waren wir 100 km vor Izmir, von wo aus wir mit einem Schiff weiter nach Griechenland wollten. Wir waren ziemlich matt und hungrig. Das Geld war knapp geworden. Wir sparten deshalb an allen Ecken und Enden.
Beim letzten Hitch vor der großen Hafenstadt trennten wir uns, da nur ein Platz im Auto war. Als Treffpunkt machten wir den Bahnhof in Izmir aus.
Martin war weg, und ich stapfte dahin, den Daumen im Wind. An der linken Seite der Straße lag ein verwahrlostes, größeres Dorf. Am Rande der Siedlungen campen oft Zigeuner oder Nomaden, die ohne viel Habe durch das Land ziehen. So war es auch hier der Fall.
Vom Lagerplatz her lief eine Kinderschar auf mich zu. Einige größere Buben, etwa 12 Jahre alt, querten die Straße in meine Richtung, während der Rest der Horde auf der gegenüberliegenden Seite auf meiner Höhe übermütig dahinsprang. Die Burschen hatten meist nur eine lumpige Hose an, ihre Haut war fast schwarz durch Sonne und Schmutz. In der Hand hielten sie Holzruten, die sie einige Male durch die Luft sausen ließen. Viele türkische Kinder sind aus hygienischen Gründen kahlgeschoren. Bei meinen Verfolgern war das nicht der Fall. Schwarze, ölige Locken legten sich um ihre Schultern. Ich erinnerte mich an ein unscharfes Bild des „Wolfsjungen". Die Haare der Mädchen waren von Henna rot gefärbt und steif wie eine billige Perücke. Die Jungen pumpten mich nun um Geld an. Ich deutete, daß ich selbst keines habe und spürte sofort die Feindseligkeit in ihren schwarzen Augen. Gerade jetzt wollten auch kein Wagen vorbeikommen. Die Angst vor den Hungrigen stieg.
Ich kramte in den Taschen der Blue Jean nach Münzen, um mich möglichst ungeschoren aus der Affaire zu ziehen. Der älteste der kleinen Strauchdiebe hielt frech seine Hand unter meine Nase. Während ich ihm Lira reichte, begann er auf mich schreiend zu schimpfen. Nun überquerten auch die Mädchen die Straße und umzingelten mich. Die Kinderschar verweigerte mir weiterzugehen. Aufgeregt schnatterten sie mir den Kopf voll, bis einer der Buben mit der Gerte auf mich losschlug. Ich packte ihn sofort am Hals und

brüllte, daß er das nicht noch einmal probieren solle. Im gleichen Moment stürzten alle Kinder auf mich zu und rieben mit ihren Stöcken auf. Mit Wucht warf ich mich gegen die Leiter der kleinen Angreifer, befreite mich und gab Fersengeld. Ein Mädchen hatte mir aus einer Flasche Wasser nachgeschleudert. Ich rannte unter einem Steinhagel so schnell ich konnte, da mir einige der kleinen Höllenhunde folgten. Schweißüberströmt hetzte ich dahin, der Rucksack schlug schmerzend gegen meinen Rücken. Ich rannte 400 bis 500 Meter, solange, bis ich hinter mir keine kreischenden Stimmen mehr hörte.

Kaum war der Spuk vorbei, hielt ein roter VW mit dem Arzt des Dorfes. Als ich ihm die Geschichte erzählte, lachte er. Ich war froh, im Auto sitzen zu können. Mein Rucksack lag auch glücklich auf der Rückbank.
Je näher wir dem Meer kamen, desto fruchtbarer wurde das Land. Links und rechts der Straße lagen riesige Obstgärten, Getreidefelder und Gemüseplantagen. Ich hatte Freude am Reichtum des Bodens und war froh, wiederum blühende Sträucher und grüne Pflanzen zu sehen. Auch die Menschen hatten ein gesundes und frisches Aussehen. Ich konzentrierte mich gar nicht auf die Erzählungen des Arztes, sondern versuchte, möglichst viele optische Eindrücke zu sammeln. In den letzten Tagen hatte ich nur verödete Landschaften gesehen, den Staub und Asphalt der Straßen, den Dreck der Bahnhöfe, in die wir uns in der kältesten Zeit der Nacht verkrochen hatten. Ich kurbelte das Fenster des roten Käfers runter und steckte meine Nase ins Freie, um möglichst viel vom Geruch der Tomaten, Gurken und verschiedensten Blumen zu erschnuppern. Ab und zu schlug eine Gestankswolke in das Wageninnere, die von den Düngergräben stammte. Wenn dies geschah, hielt ich mir die Nase zu und fächelte mit einer Handfläche lachend den Mief aus dem VW. Der Arzt stellte zur Unterstützung meiner Luftreinigungsmaßnahmen einen kleinen Ventilator ein, der an der Windschutzscheibe fixiert war. Wenn wir an Menschen vorbeifuhren, blickten sie ihre Arbeit unterbrechend auf, Kinder winkten und liefen einige Meter auf Höhe des langsam fahrenden Wagens dahin.
Der Tag neigte sich zu Ende, gegen sieben Uhr trafen wir in Izmir ein. Ich freute mich schon auf das Treffen mit Martin und Bett im Hotelzimmer.
Der Arzt hielt vor dem Bahnhof. Ich verabschiedete mich und sprang aus dem Auto. Als ich die Bahnhofshalle betrat war Martin nicht zu sehen. Ich vermutete, daß sein Trip

nicht bis hierher gereicht hatte. Er würde mit dem Zug oder Auto nachkommen.
Ich setzte mich also auf eine Bank, nahm Zettel und Schreibgerät und notierte einige Gedanken.
Bis jetzt hatte ich die Erfahrung gemacht, daß die Bahnhöfe in der Türkei eher von Reisenden, streunenden Kindern, Unterstandslosen und einer Menge von Soldaten überfüllt waren. Hier war das alles nicht der Fall. Arm und verlassen hockte ich auf meiner Bank. Ich ließ scheu meine Blicke kreisen, um dann doch nur einen alten Mann zu sehen, der sich die Zeitung am Kiosk kaufte. Durch diese Leere konnte ich mich auf alle in die Halle tretenden Leute konzentrieren. In Abständen von zehn Minuten traten ein: Einige Pensionisten, ein Würstchenverkäufer und zwei attraktive Mädchen, die sicher eine höhere Schule besuchten. Doch von Martin war nichts zu sehen.
Drei Stunden später, es war fast zehn Uhr, war ich verzweifelt. Meine Verzweiflung teilte der Stationsvorstand, der mir erklärte, daß heute kein Zug mehr kommen würde. Ich wußte nicht mehr, was ich weiter unternehmen sollte. Meine Situation wurde unbehaglich. Ab und zu strich ein Bahnhofsangestellter vorbei und überprüfte, ob ich auch nicht versuchte, hier zu schlafen. Ich ersparte den Braven die Angst, packte meine Habe und trat ins Freie. Auf der gegenüberliegenden Seite des Bahnhofs war ein Tanzlokal unter freiem Himmel. Vor allem jüngere Leute entspannten sich bei schnulzigen Klängen einer Kommerzband. Ich stand lange versunken da und genoß den Anblick des Treibens. Rote und grüne Lampions verwandelten die Szene in wandernde, sich drehende, verschlungene Farbkleckse. Die Luft roch nach Erdnüssen und gebratenem Fleisch. Wenn ein Windstoß über das Bild strich, schaukelte alles vor meinen Augen.
Neben mir unterhielten sich Taxifahrer, rauchten und zeigten anscheinend Interesse an der Szenerie wie ich. Einer von ihnen stellte mir auf türkisch eine Frage. Ich verstand nichts, erklärte ihm aber sofort meinen Kummer mit türkischen Wortbrocken, Händen und Füßen. Der Taxifahrer sah seine Freunde an, und alle begannen zu lachen. Ich erwartete verdutzt eine Erklärung für ihr Verhalten.
Zwei Minuten später saß ich in einem Taxi, das mich schleunigst zum Hauptbahnhof Izmir brachte, damit ich endlich Martin sehen könnte.
Mein Freund saß unter einer Schar Türken und unterhielt sich prächtig. Als er mich sah, lachte er und meinte, daß er schon zwei Nächtigungsquartiere angeboten bekommen

hätte und die Selektion mir überlasse. Martin war beschwipst und hatte seine Stimmlautstärke an den permanenten Lärm angepaßt. Mit gerötetem Gesicht erzählte er von zwei Militärpolizisten, die ihn zu Wodka eingeladen hatten. Die Männer um ihn begrüßten mich freundschaftlich und boten mir Zigaretten an. Ich war müde und wollte nun endlich unter eine Dusche und in ein Bett. „Ach, komm, Ferdi bringt uns zu seinem Onkel, bei dem wir schlafen können. Er wohnt nicht weit von hier", sagte Martin und zeigte auf den gastlichen, jungen Ferdi.

Noch im Überlegen, warum ein Türke Ferdi heißt, schnappten wir unser Gepäck und folgten ihm. Nach einer halbstündigen Fahrt in überfüllten Bussen, in denen unsere Rucksäcke wie Sperrhaken gewirkt hatten, trafen wir gegen Mitternacht in der Wohnung von Ferdis Onkel ein, die außerhalb Izmirs, in einer steil aufsteigenden Straße lag. Der mysteriöse Onkel war Fotograph und arbeitete meist in Kusadasi, wo er am Strand Mädchen knipste und sich danach die Aufnahmen abkaufen ließ. Nebenbei war er professioneller Playboy und versuchte, durch Techtelmechtels mit Ausländerinnen in touristenreichen Badeorten seinen großzügigen Lebensstil zu finanzieren. Er schien sich in dieser Rolle wohl zu fühlen, empfing uns in charmantem Schlafrock, die Schläfen graumeliert, braungebrannt und tatsächlich großstädtisch lässig im Benehmen.

Nach Benützung von WC und Dusche legten wir uns in einem leeren Zimmer Matratzen auf, um uns eine gesegnete Nachtruhe zu wünschen.

Es blieb beim Wünschen, denn in diesem Raum saß eine derartige Hitze, daß es mir unmöglich gelang einzuschlafen. Obendrein hatte ich vorher heiß geduscht, weshalb mir der Schweiß regentropfenförmig aus den Poren trat. Die Schaumgummimatratze verschob sich andauernd, Insekten summten stur gegen das Fliegengitter im Fenster, welches mit ausgetrockneten Fliegen, die sich im Todeskampf im Geflecht festgekrallt hatten, verziert war. Neben mir lagen meine Kleider, die ekelhaft stanken. Ich war in üble Laune geraten und lästerte über diesen komischen Ferdi, der uns hierher geschleppt hatte. Wohl tat er dies in gutem Glauben, doch nun schlief er sicher fest und tief, während ich in meiner eigenen Schweißpfütze schwamm.

Um sieben Uhr morgens, nach drei Stunden unruhigem und traumreichem Schlaf, rüttelte uns Ferdi wach, um uns wieder nach Izmir zu den Schiffsbüros zu geleiten. Ich fühlte mich wie durch den Fleischwolf gedreht und wollte nichts

wie weg aus dieser Wohnung. Ich kam mir verloren vor, verloren im Wind der Stadt Izmir.
Ohne Frühstück brachen wir nach der Toilette auf. Als wir auf die Straße traten, bot sich unseren Augen die Stadt am Ägäischen Meer, was mich wiederum in eine erwartungsvolle, abenteuerlustige Stimmung hob. „Wie in Favoriten", stellte Martin unpassend fest. Der Wind stöberte in den offenen, überfüllten Kolloniakübeln. Der Asphalt des Trottoirs war stellenweise gebrochen, Gras begann zu wuchern.
Im Bus drängte ich Martin, daß wir uns endlich von Ferdi trennen sollten. Er hetze uns ja nur durch die Gegend, lege uns Verpflichtungen auf und mache mich nervös. Martin antwortete mit der gleichen Gereitzheit, mit der ich ihn angesprochen hatte, daß Ferdi uns einfach einiges zeigen müsse.
Im Zentrum angelangt, latschte ich einfach Richtung Hafen, ohne mich noch um die beiden zu kümmern. Ich ärgerte mich über meine Undankbarkeit und schlechte Laune.
Kaum saß ich in einem modernen Kaffeehaus an der Hafenpromenade, kaum daß ich mir ein Pepsi bestellt hatte, mein Rucksack lehnte prall neben mir an einer Stoffdachstütze, tauchte Martins roter Haarschopf über den schwarzen Köpfen der kleingewachsenen Türken auf. Er zog eine Grimasse wie Dracula und nahm schweigend neben mir Platz. Ziemlich lange kramte er in seinem Rucksack und bot dabei dem erstaunten Kellner vom Blechreindl bis zu schmutzigen Socken alles dar. Endlich fand Martin eine grünliche Klopapierrolle, mit der bewaffnet er in Richtung Toilette ging.

„Das ist er also, der Sinn des Lebens", dachte ich. Was weiß ich warum, mir fielen die Sportfischer zu Hause ein, die am Sonntag mit ihren Ami-Jacken an den Ziegelteichen stehen, um zu erfahren, wer der Geschickteste und Glücklichste unter ihnen ist. Manchmal schlägt der Wind ihnen ihre Hüte vom Kopf und treibt sie über das bläuliche Wasser. Einmal vollgesogen, versinken sie wie tote Flunder. Die Sonne spiegelt sich in jeder kleinsten Welle, und das Schilf beugt sich mit dem Wind.
Martin tauchte entleert vor mir auf und bat den Kellner um Tee mit Zitrone.
„Lena ist jetzt schon in London. Hanne und Ulf in Dänemark. Mooskopf in Stuttgart, in seiner Schreinerwerkstätte, die Haare sicher noch ungewaschen", sagte er.
„Du willst auch schon weg?" fragte ich. „Ja, ich will weg. Zu-

mindest aus der Türkei." „Gut, dann holen wir uns Schiffskarten, komm!" forderte ich ihn auf.
Schon beim ersten Büro wurde uns erklärt, daß keine Schiffe nach Griechenland fahren würden, da Krieg sei. Wir waren natürlich über die Zypernkrise informiert, hatten jedoch nicht viel vom Krieg gemerkt. In Istanbul war mir nur aufgefallen, daß einem überall das Gesicht Eccevits entgegengrinste. Eccevit war der Held der Nation. Kinder trugen Fähnchen mit seinem Namen. An Autobussen waren riesige Plakate aufgeklebt. An den Kiosks waren Postkarten erhältlich auf denen der Politiker abgebildet war.
„Hier wird gesunder Nationalismus gezüchtet. Man versucht die Bevölkerung zu Helden zu erziehen, um sie verhetzt mißbrauchen und gängeln zu können. Die Sache wird nur von einer Clique von fünfzig Leuten ausgefochten; was nun konkret geschieht, welche Aktionen gesetzt werden, wieviel Menschen in den Tod geschickt werden. Ebenso geschah es in Vietnam. Man redete dem amerikanischen Volk ein, ein anderes Volk vor den Kommunisten schützen zu müssen. Wir, die mächtigen Superamis, beschützen die schon, nehmen sie unter unsere Fittiche. Wir sind zu Hilfsleistung verpflichtet. Tausende unschuldige junge Männer starben oder kehrten als Krüppel heim. Drogensüchtig und psychisch kaputt trafen sie zu Hause ein, um wieder als Eiscremeverkäufer oder Briefträger arbeiten zu müssen."
Martin hatte ruhig argumentiert.
Türken mit großen Zeitungen spazierten vorbei, rauchten und diskutierten erregt.
Plötzlich hörten wir den Klang einer Blaskapelle. Sofort stellten sich Passanten entlang des Randsteines auf, um das Schauspiel möglichst nahe genießen zu können. Wir beide blieben ruhig sitzen, wütend, da wir keine Schiffskarten erhalten hatten. Der Kellner deutete einladend, doch die feschen Soldaten in ihren weißen Uniformen zu bewundern. Mir stachen robuste Tropenhelme ins Auge. Die Marschmusik war falsch gespielt. Hundert Meter von uns entfernt war das Denkmal eines Mannes aufgestellt. Wer dieser Mensch war, wußte ich nicht, doch sicher ein Politiker oder General. Diesem Denkmal, hoch droben auf einem weißen Sockel, brachte nun die Blaskapelle ein Ständchen. Die Menge gaffte, und der Tambur war ein besonders schnittiger Mann.
Beim Aufbruch meinte Martin, daß Griechen und Türken noch lange streiten würden, während er seine sieben Sachen langsam im Rucksack verstaute.
Müde marschierten wir dann in den miesesten Teil des

Hafenviertels von Izmir, um ein Hotel zu suchen. Nach dem Prüfen einiger Zimmer, willigten wir beim vierten ein, das eine Dusche, erreichbar über etliche Stiegenauf- und abgänge, beinhaltete.
Das „Zimmer“ war ein Holzverschlag an der Straßenseite mit zwei kaputten Betten, die die einzigen Möbelstücke im Raum waren. Im grün gestrichenen Bettrahmen waren Namen und Zeichen geritzt. Die Dusche war eine glatte Fehlkonstruktion: Man mußte ununterbrochen einen Behälter über den Koch hochkippen. Ich merkte, daß mir alles auf die Nerven ging, daß mir der Dreck und die Unzulänglichkeiten zu viel wurden. Der Boden war klitschig und eine ertragreiche Pilzkultur. Abschließen konnte man die Kabine nicht, daher öffneten dreimal Wartende neugierig die Tür.

Später lag ich auf dem Bett und rauchte. Martin schrieb an einem Brief und klagte, daß er fiebrig sei. Ich gab ihm meine Erkältungstabletten und hoffte, daß er nicht ernstlich erkranken würde. Bald legte er Papier und Schreibzeug weg und schlief ein. Sein Gesicht war gerötet, winzig kleine Schweißperlen bedeckten es gleichmäßig.
Ich las in meinem Buch, schlief ein, wachte wieder auf, dachte an Irene und schrieb ein melancholisches Gedicht, das ich am nächsten Morgen in den Abfallkorb beförderte. Gegen sieben Uhr abends wurde das Treiben auf der Straße lauter, immer mehr Menschen drängten aneinander vorbei, hockten in den Kneipen und Restaurants, waren auf der Suche nach Liebe. Wir lagen im Nuttenviertel und warteten auf NICHTS.
Nach einem Pepsi fragten wir uns Richtung Post durch, um nach Mannheim, zu Martins Eltern, die dort den Sommer über bei Verwandten waren, zu telefonieren, damit sie uns Geld senden mögen. Gegen neun Uhr, nachdem ich mir schon zu oft die Auslagen um das Postamt angeschaut hatte, klappte das Gespräch endlich. Martins Mutter sicherte zu, Geld auf das Postamt Alexandropolis, Griechenland, zu überweisen.
Während sich Martin an einem Postschalter abermals von einer Menschenschlange fressen ließ, machte ich mich auf die Suche nach einem in der Nähe liegenden Restaurant. Die meisten Speiselokale waren für uns zu teuer, so schlenderte ich prüfend in die Seitengäßchen.
Nach einiger Zeit kehrte ich an meinen Ausgangsort zurück, um Martin abzuholen. Es war schwül. Viele Männer hockten auf Stühlen auf der Straße, da sie in den Teehäusern

keinen Sitzplatz mehr ergattert hatten. Verkäufer mit Bauchläden schoben sich durch die Massen und boten die wunderlichsten Dinge an. Die Wasserpfeifenraucher thronten wie Montezumas, der Schweiß stand ihnen auf der Stirn. Schon beim Straßenüberqueren sah ich, daß Martin neben einem Burschen auf einer Steinstiege saß und plauderte. Ich trat näher und deutete Martin, daß ich Hunger hätte und gleich weg wollte. Der junge Türke sah Pacino, dem Schauspieler, ähnlich und schien vorzuhaben, uns zu begleiten.
„Ich merkte mir nicht seinen Namen. Er ist Student und will uns ein gutes, aber billiges Restaurant zeigen", erklärte Martin, während ich dem Fremden die Hand reichte. Der Unbekannte sprach ein wenig Deutsch und Englisch. Verwandte arbeiteten in Deutschland. Mir kam vor, daß er irgendetwas mit uns vorhätte.
Ich folgte Martin und unserem Führer. Martin schien es aufgrund der Pillen gesundheitlich besser zu gehen, da er nichts mehr von Fieber erwähnte. Plötzlich hupte ein Taxi, und der junge Mann deutete uns einzusteigen. Der Fahrer unterhielt sich unterwegs laut mit ihm. Sie schienen nicht über uns zu sprechen.
Nach dem Aussteigen betraten wir ein kleines Restaurant, das noch einige Tische frei hatte und nahmen Platz. Martin und ich bestellten Fleisch, Salat und Getränke, der Türke jedoch nur Bier. Ich kapierte, daß er eingeladen werden wollte. Mit jämmerlichem Gesicht begann er über seine mißliche Lage als Student zu klagen. Er ähnelte Pacino nicht nur im Aussehen, sondern auch im Beruf, dem Schauspielen. Wir boten dem Burschen Essen an, das er dankend annahm. Ich ließ es mir schmecken und trank fünf Bier. Der Türke hielt mit, obwohl er vorhin gesagt hatte, daß er kein Geld besitzen würde.
Martin wurde matt und schien Fieber zu haben, seine Augen waren gerötet. Er bezahlte seinen Teil und marschierte ins Hotel, um wieder Medikamente zu nehmen. Mir war es zum Heimgehen zu früh. Außerdem interessierte mich, wie sich unser Führer noch verhalten würde. Einige Male bemerkte ich, daß er, wenn Martin oder ich etwas Neues bestellt hatten, dem Wirt optimistisch zuzwinkerte. Er kassierte sicher eine Provision dafür, daß er abendlich einige Ausländer anschleppt, die eine fette Zeche ablegen.
Obewohl es schon halb zwölf war, kamen noch einige Männer, die zu Abend essen wollten. Durch die Eingangstür sah ich aufgetakelte Frauen vorbeistolzieren. Immer wieder leierte mein Tischnachbar seine mitleidsvolle Geschichte herunter, damit ich ihm das nächste Bier spendiere. Ich war

ziemlich betrunken und hörte dem Schleimscheißer gar nicht mehr richtig zu. Er erzählte ohnehin nur erlogene Geschichten aus seinem armen Studentenleben und daß ihn seine Eltern im Stich gelassen hätten. Der dicke Wirt beobachtete uns ununterbrochen durch einen Wandspiegel und schien innerlich über die Show seines Freundes zu lachen. Schwitzend rauchte ich eine Zigarette nach der anderen und soff das Tuborg gierig hinunter.

Mir wurde die Sache zu blöd. Ich erklärte dem üblen Kerl, daß ich ein Hippie sei, auf Geld keinen Wert lege und ihm, von mir aus, noch zehn Flaschen Bier lockere. Es fiel mir verdammt schwer, dies alles auf Englisch zu sprechen. Der Parasit weigerte sich jedenfalls, meine informativen Erläuterungen zu verstehen, denn sein Gesichtsausdruck war der eines Unschuldsengels. Er forderte mich einige Male auf, mich besser auszudrücken. Allmählich fühlte ich mich provoziert und begann, ihn zu beschimpfen. Vermutlich geriet ich in meinem Zorn in die mir geläufigere deutsche Sprache, denn nun riß der Schmarotzer nur mehr Mund und Augen auf.

Ich stand auf, bezahlte die hohe Rechnung, schnappte meine Tragtasche und trat auf die Straße. Der Typ blieb dicht neben mir und erzählte schon wieder seine Lügengeschichten.

Ich brach Richtung Hotel auf. Im Abfall krabbelten Ratten, Mäuse, Katzen, Hunde und verwahrloste Menschen, um ihr chronisches Magenknurren zu lindern. An der linken Seite der Straße war ein Markt, rechts ein Hurenlokal nach dem anderen. Alle zwei Meter wurde ich auf Französisch oder Englisch angesprochen, doch die „girls" oder „dames" zu probieren. Der hoffnungsvolle Junge an meiner Seite kuschelte sich im Gehen immer näher an mich und versuchte, mir mit Erzählungen über Sexualpraktiken den Mund wässrig zu machen. Im ersten Moment dachte ich, er sei schwul, doch als er andauernd zu den Eingängen der Stripbuden drängte, wußte ich, daß er nur wieder den netten Abend auf meine Kosten für sich verlängern wollte. Einige Male stoppte ich meinen Gang mit beachtlicher Amplitude und sah einer der Frauen, die in den Eingangstüren lehnten, in die Augen. Die meisten waren mir viel zu fett und brachten mir sicher keinen hoch. Vielleicht hätte ich ihnen aber die Schärdinger Kneippkur empfehlen sollen, damit sie ihre Gewichtsprobleme unter Kontrolle bringen. Ihre übertrieben geschminkten Gesichter wechselten mit dem Licht der verschiedenfarbigen Glühbirnen über der Türe die Farbe und Stimmung. Einmal grün wie ein

bemalter Paprika, dann wieder rot wie der Teufel persönlich. Wenn sich unsere Blicke trafen, strichen sich die Frauen mit der Zunge über die Lippen oder glitten mit der flachen Hand über die meist mächtigen Brüste.
Ich bekam plötzlich Angst, daß mich der Blutsauger doch noch drankriegen würde und versuchte zu laufen. Kaum kehrte ich dem aufdringlichen Burschen den Rücken und entfernte mich von ihm, schnappte er mich bei der Hand und versuchte, mich festzuhalten. Ich riß mich immer wieder los und lief schneller. Um mich begann sich alles zu drehen. Es war unmöglich, in der Finsternis Menschen und tote Gegenstände voneinander zu unterscheiden. Geruchswolken von faulem Obst, Urin, Kot und billigem Parfum hingen in meiner Nase. Meine Schritte klatschten wie riesige, einzelne Regentropfen auf den Asphalt. Mein Herz drohte, den Brustkorb zu zersprengen. Einige Male konnte ich nur mehr knapp Entgegenkommenden ausweichen.
Plötzlich stand ich vor dem Eingang meines Hotels und überschritt die ersten Stufen zur Tür. Einige Sekunden später hetzte mein Verfolger daher. Sein Gesicht war schweißnaß und ekelhaft verzerrt. In der Hand hielt er ein geschlossenes Springmesser. Keuchend bellte er, daß ich halten und ihn anhören solle. Aus Angst vor dem Messer hörte ich nicht auf ihn und rannte an einem aus dem Schlaf geschreckten Portier vorbei in den ersten Stock in mein Zimmer. Der Türke blieb vor der Rezeption und erklärte dem alten Mann seine Version des Vorgefallenen. In der Dunkelheit fand ich nicht sofort unser Zimmer und drückte mich daher in eine schützende Nische, um zu überlegen, wo der nächste Lichtschalter sein könnte. Alles war ruhig. Von unten hörte ich nur leise Gespräche der beiden Männer. An der rechten Seite meiner Zuflucht war die Halle zu Ende, von der aus die Gänge zu den einzelnen Kammern führten. Langsam schob sich Mondlicht durch die Fenster und erlaubte mir Orientierung. Nachdem ich durch ein bestimmtes Bild, das über der Tür angebracht war, mein Zimmer erkannt hatte, huschte ich auf dieses zu und versuchte, die lockere Schnalle runterzudrücken. Umsonst, die Tür war versperrt. Ängstlich lauschte ich wieder auf Geräusche aus dem Parterre, dann schlug ich mit den Handknöcheln sanft gegen die Tür. Martin öffnete maulend und jammerte, daß er vor Fieber nicht schlafen könne.
Ich drängte ihn in das Zimmer zurück und versperrte sorgfältig das Schloß. Ich war erleichtert und erzählte meinem Freund rasch mein Erlebnis. Martin schien das meiste gar nicht mitzukriegen und stammelte von Orangen und Zitro-

nen, die er morgens möglichst frisch kaufen wolle. Rauchend lugte ich hinter dem Vorhang auf die Straße hinunter, ob das Schwein noch nach mir schnüffle. Mein Rausch war wie weggeblasen.

Es war zwei Uhr früh. Immer noch flanierten Männer an unserem Haus vorbei und unterhielten sich unnachsichtig laut. Ich lag im Bett und sehnte mich nach Schlaf. Meine Gedanken schlichen wie Hyänen um Irene. Der Mond bestrahlte durch das Fenster Martins roten Rucksack, der wie ein Symbol der Ruhelosigkeit dastand.

Böse Träume hatten mich wie Schwaden von Moskitos durch den Schlaf gejagt. Zerknittert und müde wachte ich um neun Uhr morgens auf. Martin schlief noch, tief vergraben unter dem Kopfpolster und gequält schnaufend. Ich massierte drückende Kopfschmerzen aus meinem Schädel und begann, an einem Brief an Irene zu schreiben. Meine Worte kamen mir auf dem Papier wie Fliegenschmeiß vor. Ich erkannte meine Grenzen, mit anderen Menschen fertig zu werden.

Plötzlich klopfte es an der Tür. Ich stand auf und öffnete einen kleinen Spalt. Ein alter, zahnloser Mann mit einem Besen in der Hand deutete mir an, daß er in unserem Zimmer putzen wolle. Ich machte ihm klar, daß mein Freund noch schlafe, worauf er mißmutig zur nächsten Tür ging.

Ich schob den Vorhang zur Seite und beobachtete die Gäste des gegenüberliegenden Kaffeehauses. Die meisten Leute saßen zu dieser Zeit auf der Straße unter einem Stoffdach. Doch auch im kühleren Inneren des Lokals waren einige Tische besetzt, an denen Tavil gespielt wurde.

Plötzlich trat mein Verfolger aus dem düsteren Raum in den Türrahmen, zündete sich eine Zigarette an und beobachtete mein Fenster. Er sah mir richtig in die Augen, und ich starrte einige Sekunden erschrocken in die seinen. Ich schloß den Vorhang, setzte mich auf mein Bett und begann zu überlegen, wie wir dem Kerl entkommen könnten, der anscheinend immer noch an uns Profit roch. Martin wachte auf und konnte vor Heiserkeit kaum sprechen. Im Telegrammstil versuchte ich, ihm noch einmal mein Erlebnis mitzuteilen. Er kam nicht klar und äußerte nur den Wunsch, daß er, bevor wir Izmir verlassen, kräftig duschen wolle.

Als wir das Hotel verließen, stürzte unser Freund auf uns zu und begann, pathetische Versöhnungsreden zu schwingen. Er folgte uns auf Schritt und Tritt und versuchte sogar, unser Gepäck zu übernehmen. Beim Frühstück in einem Teehaus war er immer noch in unserer Begleitung, obwohl wir schon etliche Male „Auf Nimmerwiedersehen“ gesagt hatten. Der Wirt, ein ehemaliger deutscher Gastarbeiter, erbarmte sich unser später und wies den Schmarotzer aus dem Lokal. Flüsternd erzählte er uns, daß der Bursche in diesem Viertel eine bekannte Figur sei und regelmäßig mit der Polizei Schwierigkeiten hätte.

Mittags stoppten wir Richtung Canakalle weg, es war sehr heiß und staubig, Militärautos fuhren in kilometerlangen Kolonnen dahin.

Je näher wir an Griechenland herankamen, desto menschenleerer wurde das Gebiet. Hinter jedem Baum stand ein getarnter Soldat. Wir mußten oft Stunden auf einen Hitch warten, da wenige Autos fuhren. In der Mittagshitze blieb einmal ein Proviantwagen des Militärs stehen, und einer der Männer füllte unsere Feldflaschen mit kühlem Wasser. Wir bedankten uns und boten Zigaretten an.

Im Vorbeifahren las ich „TROJA“ und erzählte Martin einige Sagen des griechischen klassischen Altertums. Der türkische Fahrer sah mich jedesmal verwundert an, wenn ich einen griechischen Namen aussprach. Bei einer Rast fotographierte ich ihn, Martin und einen jungen Stier, der jedoch zu Hause auf dem entwickelten Foto nicht zu sehen war. Warum weiß ich bis heute nicht.

Canakalle erreicht, setzten wir mit der letzten Fähre nach Gelibolu über. Es war noch nicht ganz dunkel und schwere Wolken bedeckten einen tiefblauen Himmel. Ich fühlte mich nicht wohl und hatte eine undefinierbare Angst in mir. Die Menschen auf der Fähre saßen alle schweigend da, das Wasser klatschte gleichmäßig gegen die Bordwand.

„Dieses Wasser ist ein Gemisch aus dem Ägäischen, Marmara und Schwarzen Meer“, stellte Martin mit belegter Stimme fest. Es ging ihm nicht gut. Er hatte sichtlich höheres Fieber und nahm starke Tabletten, die seinen Zustand jedoch kaum besserten.

„Es wäre besser für dich, wenn du dich auskurieren würdest“, sagte ich, „es ist zu gefährlich. Wir wissen ja nicht, welche Krankheit du mitschleppst.“

„Schnupfen. Schnupfen, sonst nichts“, winkte er ab und spazierte zu seinem Rucksack, da wir aussteigen mußten.

„Wir gehen hinaus und schlafen im Freien“, sagte Martin. Es war inzwischen vollständig dunkel geworden.

Langsam gingen wir Richtung Dorfrand, um eine Schlafstelle zu suchen, Martin mußte einige Male rasten, da sein Kreislauf durch die Medikamente überbeansprucht war. Wieder versuchte ich, meinen Freund zu einem Arztbesuch zu überreden.

„Vielleicht morgen, jetzt will ich schlafen", sagte er, „ich bin furchtbar müde."
Gleich neben der Straße, hinter einer Nadelbaumgruppe, legten wir die Schlafsäcke aus und krochen hinein. Mein Armband, ein Geschenk Irenes, und meine Geldbörse verstaute ich bei meinen Füßen.
Es war Vollmond, und ich war unruhig. Ich lauschte noch lange in die Nacht hinein. Einige Male marschierten auf der Straße Männer vorbei, die laut miteinander sprachen. Langsam fühlte ich mich in meinem Versteck geborgen und schloß die Augen. Martin atmete tief, er hatte noch eine Grippetablette geschluckt und eine Zitrone ausgeschlürft. Ich wünschte mir, daß er wieder gesund würde, damit wir glücklich heimkämen. Ich war doch nicht der harte Hund, der ich gerne sein wollte. Ungleichmäßig rauschte der Wind. Mein Schlaf war leicht. Immer wieder probierte ich eine neue Schlafstellung aus, da mir der Wind zu stark ins Gesicht blies. Meine Lippen wurden trocken, meine Gürtelschnalle drückte mich, meine Nervosität steigerte sich. Ich hob den Kopf und beobachtete Martin. Er atmete ruhig und gleichmäßig, um ihn neigten sich die niederen Bäume im Wind. Ich dachte an ein Erlebnis in Canakalle.
Wir hatten einige Worte mit einem Mädchen gewechselt, das in einer Konditorei Verkäuferin war. Sie hatte uns heimlich ein Stück Torte mehr auf den Teller geschoben und entblößte dabei perlenweiße Zähne. Durch Canakalle kommen sicher eine Menge Tramper, wenn sie es bei allen so machen würde, arbeitete das Geschäft sicher auf Verlust. Martin wollte sie überreden, nach der Arbeit mit uns zu essen und zu plaudern. Allzu schnell war sie mit dem Treffpunkt einverstanden gewesen.
Martin und ich saßen dann in einer Kneipe unter baumelnden Lampions, tranken schales Bier und aßen eine Speise, die wir im Halbdunkel gar nicht definieren konnten. Der Wind pustete mir mein Streichholz beim Zigarettenanzünden aus. Die älteren Männer vom Nebentisch erzählten uns von der Grausamkeit der griechischen Soldaten. Das Mädchen kam natürlich nicht.
Jetzt, im Gras liegend, am Dorfrand Gelibolus, der Schwesterstadt Canakalles, surrten mir alle möglichen Gedanken wie aufgescheuchte Bienen durchs Hirn. Konak, Irene, Hanne, Lena und eben die Unbekannte. Jede hatte mir anscheinend etwas von dem gegeben, was ich gesucht hatte.
Morgens wachte ich auf und rief Martin. Immer noch wehte der Wind, die Sonne funkelte am hellblauen Himmel. Eine kleine Echse huschte hinter einen Stein. Martin rührte sich

nicht. Ich kroch auf allen Vieren zu ihm und rüttelte an seinen Schultern.
Er war tot.
Kalt wie Schnee fühlte sich seine Körperhaut an.
Lange Zeit hockte ich erschrocken da und konnte nicht glauben, daß das alles Wahrheit wäre. Später weinte ich und bedeckte sein Gesicht mit der Schlafsackkapuze.
Ein Gendarm zuckte statt einer Antwort mir den Schultern. Ich faßte ihn an der Hand und zerrte ihn, obwohl er sich dagegen spreizte, zum Auto, damit er mich zu Martins Leichnahm führen würde. Nach langem Palaver nahmen wir noch den Arzt mit, der im Teehaus gesessen war und eben zu einer mächtig langen Geschichte angesetzt hatte. Der Arzt deutete mit resigniertem Gesicht auf Martins Herz. Wir schleppten ihn zu dritt in den Wagen, um ihn zur Gendarmeriestation zu transportieren. Ein bald eingetroffener Dolmetsch erklärte mir, daß Martins Eltern für Martins Beerdigung zahlen müßten, sein Gepäck würde per Post heimgeschickt werden.

11.

Am Abend stand ich mit umgerechnet S 500,— am Ostende Gelibolus und wollte in Richtung nach Hause stoppen. Ich war wie in Trance und kapierte noch immer nicht ganz, daß Martin an einem Herzschlag gestorben war und vielleicht in Gelibolu begraben werden sollte. Ich hatte noch ca. 2.500 km vor mir und machte mir keine Hoffnungen, das Geld in Alexandropolis in die Hände zu bekommen.
Ein Ehepaar hielt an, und beim Einsteigen in den Ford bemerkte ich, daß ich mein Armband verloren hatte. Es lag sicher an der Schlafstelle. Ich nahm mir vor, es bei einer Rückkehr nach Gelibolu zu suchen.
Matt lag ich auf der Rückbank des Autos, der Mann am Steuer legte Kassetten ein und unterhielt sich mit seiner Frau. Ich schloß die Augen, um ihm nicht das Gefühl zu geben, daß er ein Gespräch anbahnen müsse.
Langsam wurde es Nacht, und ich wußte nicht einmal, wie weit ich mitfahren durfte.
Ich machte mir Vorwürfe, daß ich Martin nicht zu einem Arzt getrieben und persönlich mit seinen Eltern telefoniert hatte. Ein Beamter hatte über den Dolmetsch mitteilen lassen, es werde alles geregelt werden.
Alles, was ich versuchen wollte war, daß ich möglichst schnell nach Hause kam. Martin war tot.

Mein Schofför rüttelte mich wach, da ich trotz Sorgen eingenickt hatte. Dankend schlüpfte ich bei einer Abzweigung aus dem Wagen. Es war windig und stockfinster. Vorsichtig bewegte ich mich von der Straße weg, um eine Schlafstelle zu suchen. Wie eine Maus verkroch ich mich im Laub. Um mich knisterte es. Fast hätte ich zu sprechen begonnen, um Martin mitzuteilen, daß ich Angst habe, gekillt zu werden. Der Wind strich über mich. Mein Schlafsack roch geräuchert, das stammte noch aus der „Höhlenzeit".

Als ich wach wurde, weideten wenige Schritte entfernt Ziegen. Eine aus der Herde war kohlschwarz. Gerade diese beobachtete mich Gras kauend und kam sogar näher. Von einem Hirten war nichts zu sehen. Während ich mich aus dem Schlafsack schälte, starrte mich die Ziege immer noch an und schien Gefallen an mir gefunden zu haben.

Mein Magen knurrte. Ich verstaute mein Gepäck und band mir die Haare zu einem Schopf, um gepflegter zu wirken. Ich wollte eben die Lichtung verlassen und auf die Straße gehen, als ich einen Schrei hörte. Erschrocken wandte ich mich um. Ein kahlgeschorener Hirtenbub lag auf der anderen Seite der Wiese im Gras, rauchte und winkte freundlich herüber. Ich stapfte im Slalom durch die Ziegen auf ihn zu. Der Junge sprang auf und hielt mir drohend einen Stock entgegen. Sein Gesicht war nun von Mißtrauen und Angst verzerrt. Beruhigend deutete ich ihm, daß ich nur einen Bissen Brot erbäte. Er zeigte, daß ich mich auf der Stelle setzen solle und stöberte in seinem Beutel. Immer wieder setzte er an, auf türkisch zu sprechen, worauf ich mein „Nicht verstehen" sagte. Bedauernd zuckte er mir den Schultern und bot mir einen Kaugummi und eine Zigarette an, die ich mir sofort anzündete. Dann verabschiedete ich mich, weiter hungrig. Die schwarze Ziege bewunderte mich noch immer. Vielleicht war sie eine verzauberte Prinzessin, die um Erlösung flehte.

Als Kind hatte ich mit meinen Eltern auf dem Land gewohnt. Auch wir hatten Ziegen, die ich oft auf der Weide hütete. Mir gefielen diese Tiere vor allem wegen ihres lustigen Maules und ihrer menschlichen Augen. Sie rochen nach Klee und saurer Milch.

Je näher die Grenze kam, desto mehr Militärautos begegneten mir. Unwillig und in immer größeren Abständen nahmen mich Reisende mit. Fast jedesmal, wenn ich am Straßenrand auf den nächsten Wagen wartete, hielt eine Polizeistreife und kontrollierte meinen Eierspeise-Paß. Die Beamten riskierten auch einen Blick in meinen Rucksack, in dem heilloses Durcheinander herrschte. Als ich sogar ein-

mal meine Proviantdose öffnen mußte, krabbelten aufgescheucht darin Ameisen umher.
Ich rauchte die allerbilligsten Zigaretten und hustete am Morgen nach dem Erwachen. In einer kleinen Stadt genehmigte ich mir nach drei Tagen das erste warme Essen und erwischte prompt zuviel. Am WC kotzte ich die Unmenge Reis, die ich in mich hineingestopft hatte, wieder heraus. Als ich in den verschmutzten Spiegel schaute, war meine Gesichtsfarbe fast grünlich. Meine Augen lagen tief und waren schwarz umrandet.
An der Grenze war überhaupt kein Straßenverkehr mehr. Einige andere Stopper überquerten, so wie ich, zu Fuß die Grenze. Die meisten sahen aus wie Straßenräuber. Ein krummbeiniger Franzose führte einen jungen Hund an einer Schnur, den er irgendwo, sicher halbverhungert und streunend, aufgegabelt hatte. Er wollte ihn ohne die verlangten, behördlichen Zeugnisse bis nach Hause schmuggeln. Mir tat der Hund leid.
Alles war verlassen: die Erfrischungsstände und Kiosks, die Tankstellen und Bauernhöfe; nur weil sie nahe an der Grenze lagen. Die türkischen Zöllner ließen mich noch einen Fragebogen ausfüllen, den ich aus Faulheit teilweise falsch beantwortete.
Die griechischen Grenzbeamten empfingen mich mit unfreundlichem Gesicht. Ich war zu müde, um mich zu ärgern und marschierte los. Vor mir ging eine kleine Französin mit einem Kind, einem Mädchen. Ich zog auf gleiche Höhe vor und frage, ob sie wisse, wann das nächste Dorf zu erreichen wäre. „Nach drei Kilometern. Von dort kannst du auch den Zug nehmen, wenn du willst“, antwortete sie auf englisch. Ich wäre eigentlich gerne mit der Eisenbahn weitergefahren, hatte jedoch nicht das nötige Geld. Es ging bergab, und die Französin erzählte, daß sie eben mit ihrer Tochter von Freunden aus Neu Delhi komme, streckenweise jedoch geflogen sei. Ich war verwundert, denn die Mutter sah eher aus wie die große Schwester des Kindes.
Die Kleine lebte in einem Heim in der Schweiz und war zehn. Das Fürsorgeamt durfte nicht wissen, daß sie mit ihrer Mutter trampte. Von einem Vater war nie die Rede. Melanie, wie sich die Mutter vorstellte, gab dann unter Achselzucken zu, daß sie selbst nicht wisse, wer ihr damals das Kind gemacht hatte. Sie war knapp sechzehn gewesen. Ihre Tochter Claire lebte nun nur in den Ferien bei ihr in Marseille, wo sie in einer offenen Wohngemeinschaft wohnte und stundenweise in einer Töpferei arbeitete.
Claire sprang wie ein Schäflein vor uns her, während wir

über die Möglichkeiten sprachen, rasch nach Kavala und weiter zu gelangen. Neben der Straße lagen Weingärten, an deren Früchten wir uns reichlich bedienten. Falls ein Auto kam, duckten wir uns, um nicht unangenehm aufzufallen. Ich fühlte mich durch Melanie belastet und verabschiedete mich vor dem kleinen Bahnhof des Ortes.
Mit dem Bus fuhr ich nun weiter. Mir fiel auf, daß die Menschen etwas besser gekleidet als in der Türkei waren. Sie betrachteten mich lange und ruhig. Niemand lachte mir zu. Der Fahrkartenschaffner machte mit jedem Späße, nur mich ließ er aus dem Spiel.
Zwei Tage lang lag ich wie ein Dieb im Gebüsch und wartete auf eine Mitfahrgelegenheit. In Abständen von ca. einer Stunde passierte ein Auto, keines hielt aber an. Das Reisen per Bus war zu teuer, ich wäre bald den letzten Drachmen losgewesen. So las ich eben, fluchte über die Griechen und kaute Grashalme. Mir war wirklich schon alles egal. Ich war froh, daß ich noch sehen und gehen konnte. „Zurück zur Natur", brummte es in meinem Schädel, während ich eine geklaute Melone schlürfte.
Der Marsch über den Paß des Rhodopischen Gebirges war in jeder Beziehung energieraubend. Kein Schwein blieb stehen. Ich wimmerte vor Hunger. Straßenarbeiter lachten mir mit staubigem Gesicht zu. Da standen an einer Tankstelle österreichische Autos, alle die gleiche Marke, Fiat. Die feschen Oberösterreicher kamen von einer Ralley. Sie waren wirklich außergewöhnlich fesch und hatten geschmackvolle Halstücher umgebunden. Daneben hockten ihre braungebrannten Frauen mit leicht geöffneten Schenkeln und Parfüm an den erforderlichen Stellen. Sie rauchten entspannt Filterzigaretten und beobachteten den Tankwart. Vom ersten bis zum letzten Fahrer verweigerten sie, mich mitzunehmen. Prinzip ist Prinzip. „Ja, ja, ich weiß schon, aber ich bin doch gar nicht so, wie ich aussehe. Vielleicht bin ich bald Lehrer und eure schmucken Kinder halten vor mir die Schnauze."
„Umso schlimmer", hätten sie sich wahrscheinlich gedacht und rauschten sportlich in Richtung Österreich ab.
Über mir lag Smog.
Die Rhodopen sind ein herrliches Gebirge. Am meisten hat man von ihnen, wenn man sie zu Fuß überwandert. Serpentinen schlängeln sich wie Schnüre zur Ebene hinunter, lichte Nadelwälder spenden würzige Frische.
Ich jedoch trat den mächtigen Sauriern entgegen, die sich im Schneckentempo den Berg heraufquälten. Die Lenker lasen oft dabei die Zeitung oder fühlten einer hübschen Stopperin

auf die Zähne. Aus dem technischen After der LKW's kam eine schwärzliche Wolke von Gift. Ich hielt mir ein Taschentuch vors Gesicht, um reiner atmen zu können. Erst nach drei Stunden Marsch war ich in der Ebene angelangt.
Es wurde Abend. Meine Hände klebten vor Schmutz, doch nirgends war Wasser. Nach langer Zeit hielt ein klappriger Ford, der mich bis Saloniki mitnahm. Ich saß in der Kiste und traute dem allem noch nicht ganz, eher vermutete ich zu träumen. Der Typ am Steuer redete gerne über Kapitalismus und Sozialismus. Ich stieg voll ein, ging in die Tiefe, von Marx bis Kim-ir-sen. Er wäre Sozialist, stellte er nach längerem Reden endlich stolz fest. Theodorakis wäre sein persönlicher Gott, Karamanlis mißtraue er wie falschem Geld. Wir überquerten sumpfige, flache Gebiete mit Schwadronen von Mücken. Einige Male mußte der Fahrer halten, um mit einem Lappen die Windschutzscheibe von Moskitosleichen zu reinigen, die wie kleine Luftballons auf ihr zerplatzt waren.
In den Dörfern gab es bei den Kneipen unter den Lampions Licht und stets eine große Anzahl von Männern. Anfangs dachte ich, daß sie uns zuwinken würden. Das war ein Irrtum, sie fuchtelten nur andauernd umher, um sich der geilen Insekten zu erwehren. Mir wurde alles zu dunkel und zu feucht. Ich hatte wiederum ein wenig Heimweh zu Mama und einem Heurigen mit Schmalzbrot und einem kühlen Gspritzen.
Im Auto war die Temperatur angenehm, magische Lichter leuchteten am Armaturenbrett. Mein Gönner plauderte noch immer über verfehlte Parteipolitik, während ich mit dem Schlaf kämpfte. Leider entschlummerte ich doch nicht auf die sanfte Tour, weil die Karre unermüdlich klapperte, schepperte und höchst unmusikalisch quietschte. Außerdem schien mein Ideologe nicht mit meinem Nickerchen einverstanden zu sein, denn kaum schloß ich einige Sekunden die Augen, stellte er mir eine Ergänzungsfrage.
Im Zentrum Salonikis schlüpfte ich aus dem Wagen und ließ mich von den Passanten mitreißen.
Es war Nacht. Ich wanderte Richtung Autobahn los.
Ich weiß nicht mehr, wann ich mich, einige Kilometer von Saloniki entfernt, in den Straßengraben neben der Autobahnauffahrt zum Schlafen bettete. Mit den Händen tappte ich vorher den Boden ab, um mir eine möglichst bequeme Unterlage zu suchen. Fröstelnd lag ich dann im Schlafsack. Ab und zu jaulten Autos vorbei.
Durch Schafgeblöke wurde ich wach. Nicht weit von mir entfernt trieb ein Hirte seine Herde zur Weide. Einige Tiere

trotteten schon näher, sodaß ich sofort aufstand, meinen Schlafsack einrollte und den kleinen Abhang zur Straße hinaufkletterte.
Wegen meiner Müdigkeit hatte nicht einmal mehr Martins Tod Bedeutung für mich.
Mein Frühstück war eine Zigarette.
An der Grenze zu Jugoslawien blieb ich wieder hängen. Ungefähr 40 Autostopper verkrallten sich hier im Clinch. Die meisten waren auf der Heimreise und körperlich ausgelaugt. Die Beamten waren lästig und verhafteten einige Typen, weil sie angeblich Obst gestohlen hatten. Die einzigen, die einen Lift bekamen, waren Mädchen. In Shorts standen die da, lächelten und der nächste Kübel bremste sich quietschend ein.
Ein blonder Berliner, Jan, der hier auf seine jugoslawische Freundin wartete, die in Karlovac ihren Paß vergessen hatte, war besonders nervös und stritt mit einem Bankheini, der seine Kunden um etliche Dinar schnalzte, um einen Sessel. Die beiden waren knapp daran, daß sie zu raufen begannen. Dann lag Jan im Gras, raufte sich seinen Rauschebart und erzählte mir von seinem Beruf. Er war Kameramann und hatte bei dem Film „Cabarett" mit Liza Minelli mitgearbeitet. Entspannt schnupperten wir das duftende Gras, rauchten und plauderten über Filme. Die Sonne schien warm, und die Zeit wurde von unserer Zufriedenheit geschlagen.

12.

Es war sehr windig in dem offenen VW. Ich zog mir meine Mütze über die Ohren und genoß die vorbeifliegende Landschaft. Die Berge Montenegros waren schwarz wie ihr Name.
Jan hatte mich einige Kilometer von der Grenze wegschoffiert, damit ich erst einmal diesen Lieft ergattern hatte können. Ich saß bequem hinter einem deutschen Pärchen und überlegte schon, was ich in Skopje weiter machen würde. Da diese Stadt vor Jahren von einem Erdbeben zerstört worden war, war ich schon neugierig, wie weit sie wieder aufgebaut worden war.
Der Fahrer, ein netter Soziologe, hielt einige Male, um hinter dem nächsten Busch ein Häufchen zu machen. Er hatte als Souvenir aus Griechenland mächtigen Durchfall mitgebracht. Einmal kletterte er in eine breite Schlucht hinab, in der die Vardar fließt. Als er wieder hochstieg, löste sich Gestein, und er kollerte schreiend wiederum einige Meter

seiner „Missetat" entgegen. Im letzten Moment erwischten seine hilfesuchenden Hände eine Wurzel und bewahrten ihn vor einer peinlichen Landung.

13.

Skopje: Menschenmassen wie bei einer politischen Demonstration bewegten sich zwischen modernsten Verwaltungsgebäuden, die hell erleuchtet waren. Die Leute waren gut gekleidet und genossen das Nichtstun am Abend.
Unschlüssig stand ich zwischen blühenden Sträuchern eines Parks und beobachtete die flanierenden Menschen. Es war dunkel, da Baumkronen die Straßenlampen verdeckten. Beim Zigarettenanzünden merkte ich, daß mich ein Bulle fixierte. Ich schlenderte mit unschuldiger Miene an ihm vorbei und drehte mich nicht mehr um. Ich hatte nur 150 Dinar und wäre wahrscheinlich bei einer Kontrolle „hops" genommen worden.
Die Frauen lachten viel und trugen grelle, eng anliegende Pullies. Ihre Brüste waren fest. Die Begleiter hatten weiße Ausschlaghemden an und zierten sich mit phantasievoll gestutzten Schnurrbärten. Sie hatten volles, längeres Haar und rauchten beim Dahinspazieren.
Ich nahm auf einer Parkbank Platz und beobachtete das Treiben. Ich fühlte mich jetzt zwar nicht allein, doch frei und unsichtbar. Ich saß wie ein Geist unter all dem und wurde nicht beachtet. Ich existierte nicht mehr, mich gab es nicht, mitsamt meinen lumpigen 150 Dinar. Über meinen Schenkeln spannte die Jean. Ich wußte, daß ich bald zu Hause sein müßte, sonst würde ich mich nicht mehr finden. Mir verschwammen die feschen Jugopärchen vor den Augen. Die Asche meiner türkischen Zigarette wurde prächtig lang . . . und brach nicht. Ich stärkte mich an der Ruhe in mir.
Ich fragte mich zum Bahnhof durch, um im Wartesaal zu übernachten. Es war fast September, und die Nächte wurden kühl und feucht. Vor dem Bahnhofseingang verkaufte ein dürrer Mann heiße Würstchen. Lang beobachtete ich ihn und seine mampfenden Kunden. Vor dem Weggehen wischten sich alle zufrieden über den Mund. Einem Eisenbahner in Uniform troff Fett auf das Sakko.
Bedächtig durchschritt ich das gesamte Bahnhofsgebäude, um mich an den sicheren Zielen der Fahrgäste festzuhalten. Sie alle kamen sicher an. Ob nach Nis oder Brod, alle kamen an, wußten, warum. Ich hielt mich bei einer Gruppe von

Rekruten auf, die sich vermutlich auf Heimaturlaub befand und nach Hause fahren wollte. Die Plakate in der Kassahalle zeigten glückliche Menschen in bequemen Waggonabteilen.
Ich fühlte mich von meiner Umwelt wie ein amputierter Arm abgetrennt. Um ruhiger zu werden, stellte ich mich in der Schlange der vor der Kassa Wartenden an und fragte, wieviel der Fahrtpreis nach Wien betragen würde. Ein älterer, unrasierter Beamter beantwortete meine Frage. 800 Dinar und ich wäre daheim gewesen.
Im Wartesaal war schwer ein Platz zu finden. Die meisten Bänke nahmen Schlafende ein, die auf einen Anschlußzug warteten. Neben sich hatten sie Kartons und bunte Tragetücher stehen. Unter einer schmutzigen Strickweste glucksten in einem Käfig zwei Hennen. Die Menschen waren abgerissen gekleidet, wahrscheinlich vom Land und nur zum Einkauf nach Skopje gekommen.
Es stank im Raum nach Schweißfüßen und anderen genüßlichen Dingen. Neben dem Fenster war noch ein Eckchen einer Bank frei. Ich schob mich behutsam an einem schlafenden Kind, einem Mädchen in grellgrünen Pluderhosen und einem Priester vorbei und setzte mich. Durch das Fenster sah ich, daß es zu regnen begann. Eine dicke Fliege lief immer wieder über die Fensterscheibe und wollte nicht begreifen, daß die Luft erstarrt war, zur Wand geworden war. Wenn das Insekt verzweifelt den Versuch unternahm, ins Freie zu gelangen, gab es Geräusche wie eine winzige Kreissäge von sich. Ich erinnerte mich an Vater, der mich mit seiner Säge oft schon zeitig geweckt hatte.
Ein Freund sprach einmal von seiner toten Geliebten, als ob sie noch immer leben würde. Sein Lieblingsautor war Novalis. Beide waren Romantiker, der Leser und der Schreiber.
In seiner Naivität setzte sich das Tier später, um auszurasten, auf meinen Unterarm. Willkürlich hätte ich es zerquetschen können. Ich genoß aber das Kitzeln, wenn es flink dahinlief.
Das Licht im Wartesaal war gelb und diesig. Wegen des Regens traten auch andere Menschen als Reisende ein. Darunter waren heisere Straßenverkäufer mit beladenem Bauchladen, schleimige Minigigolos, die bei Touristinnen absahnen wollten und vor allem streunende Kinder. Meist Buben, die oft nichts als eine kurze Hose trugen, höchstens ein zerfetztes Leibchen. Sie starrten vor Schmutz und hockten wie verschreckte Eulen mit ihren großen, schwarzen Augen in einem geschützten Winkel. Die meisten Leute

beachteten sie kaum. Bevor sie den Wartesaal verließen, bettelten sie jeden um Geld oder Essen an. Mich quälte die Frage, woher diese armen Teufel kamen, die sich von Unrat ernährten und bei schlechtem Wetter hierher flüchten mußten.

„An dem System Titos dürfte manches Rädchen nicht laufen, sonst könnte Armut in solchem Ausmaße nicht vorkommen. Ich mißtraue einer Staatsführung, die die Leute verbittert und neidisch macht, wie es eben in Jugoslawien der Fall ist. Die Polizisten sind kaltschnäuzig und unangenehm wie in keinem anderen Land Europas. Die Menschen scheinen mir oft gehässig und präpotent gegenüber Ausländern. Wann werden wir siegen und uns lachend in die Arme fallen? Wann werden alle diese unsinnigen, im Einzelinteresse liegenden, politischen Führungsparolen durchschaut und von uns strikt abgelehnt werden? Gab es nicht schon das jüngste Gericht des Sozialismus? Die Letzten werden die Ersten sein. Es kommt aber darauf an, wohin sich die Mehrheit zählt."

„Pfahl im Fleisch". Die „resistence" im schmutzigen Bahnhofswartesaal, gefüllt mit ebenso dreckigen Menschen, die die Zeit verschliefen und Zigaretten vernichteten. Die Fenster beschlugen sich. Meine Gedicht handelte von Hoffnung und Gewalt.

Um Mitternacht wurde ich durch das laute Schreien eines uniformierten Bahnbediensteten wach. Ich hatte eingeschlafen, den Rucksack aus schnöder Angst vor Dieben auf den Knien, die Arme wie ein Polyp um ihn geschlungen, obenauf mein Kopf, ein Bild verkrampften Jammers. Auf die Schreie folgte ein hektischer Aufbruch der verschlafenen Gestalten. Auch ich taumelte automatisch gehorchend ins Freie, wo mich fröstelte. Die halbnackten Kinder suchten zähneklappernd das Weite. Mir wurde schwarz vor den Augen. Der Grund des gewaltsamen Exodus war, daß der Wartesaal tüchtig gereinigt wurde.

Die Putzfrauen arbeiteten ungefähr eine Stunde, bis wir wieder unsere Schlafbank beziehen konnten. Diese Wartezeit war zermürbend, da sich nirgends ein Platz zum Weiterschlafen fand. Ich wanderte daher andauernd den Schienen entlang, hin und her, damit mir nicht zu kalt wurde. Als ich wieder den Raum betrat, ekelte mir vom kalten Zigarettenrauch. Dann schlief ich sofort weiter.

Gegen sechs Uhr morgens verließ ich den Wartesaal, wusch mich am WC und marschierte zum Stadtrand, Richtung Autobahn, los. Um meinen ärgsten Hunger zu stillen, kaufte ich einen Laib Weißbrot und stopfte die Hälfte wie Watte

in mich hinein. Immer wieder fragte ich, um den richtigen Weg zu finden. Ein Mann um die 50 begleitete mich, da er ohnehin denselben Weg hatte. Er sprach Deutsch, war ziemlich mißmutig und mit meinem Aussehen nicht einverstanden. Ich redete möglichst vernünftig, um ihn zu beruhigen und nicht zu enttäuschen. Bevor er mich bei einer Seitengasse verließ, war er schon recht zutraulich und nett. Er wünschte mir sogar viel Glück, was mich aufbaute.
Obwohl es jetzt erst acht Uhr war, wurde die Hitze immer quälender. An einer Tankstelle sah ich einen französischen 2 CV-Kastenwagen, verbeult und verstaubt. An dem Wagen lehnten die wahrscheinlichen Besitzer, zwei junge Männer. Ohne lange zu zögern, trat ich auf sie zu und bat, mitfahren zu dürfen. Die beiden blickten nicht gerade begeistert. Um ihnen die Zeit zum Überlegen zu nehmen, plauderte ich mit Lügen darauf los. Daß ich Pech mit meinem Wagen gehabt und einen Totalschaden in der Türkeit verursacht hätte und versuchen müsse, mit den letzten Kohlen die rettende Heimat zu erreichen.
Der eine Franzose war blond und kräftig, sein Gesicht verdeckte ein stark gekräuselter Vollbart. Der andere war dünn, ähnelte eher einem typischen Italiener, trug längeres, schwarz gelocktes Haar, seine Augen waren dunkel und weich wie Nougat. Um seinen Hals schlang sich ein bunter, seidener Schal.

Jetzt erst kam mir die Möglichkeit in den Sinn, daß die beiden vielleicht in die andere Richtung fahren könnten. Bedächtig und gewählt stellte ich noch einmal auf englisch die Bitte, Richtung Österreich oder Italien mitreisen zu dürfen, denn ich hätte Unglück gehabt und würde demnächst vor die Hunde gehen.
Bertrand und Paul stimmten nach kurzer Konferenz doch zu, baten mich jedoch, ihnen eine geringe Summe Geld für einen Jugoslawen zu leihen, mit dem sie bei einer unübersichtlichen Kreuzung karamboliert waren.
„Ach, herrlich“, dachte ich, „die haben kaum Geld, und ich schon gar keines. Ob das nur gut geht!“
Nachdem ich den beiden bedauernd erklärt hatte, nicht mehr Geld zu besitzen, nahmen sie doch meine gesamten Dinar, drückten sie dem Streitpartner, der eben mit dem Tankwart ein Bier trank, in die Hände, zuckten mit den Schultern, deuteten mir, in den Wagen zu klettern, und schon fuhren wir ab. Der Jugoslawe zählte meine abgegriffenen Dinarscheine und begann wütend zu schimpfen.
Der Laderaum des Wagens war mit Matratzen ausgelegt.

Nach kurzem Plaudern machte ich schlapp und schlief ein. Bevor ich aufwachte, träumte ich, ich sei ein Kücken, das aus dem gebrochenen Ei schlüpfe. Am gesamten Körper schweißüberströmt, noch müder als vor dem Schlaf und mit ekelhaftem Mundgeschmack, öffnete ich die Augen. Vor mir die Straße, weit in glühende Getreidefelder hineinlaufend. Der 2 CV rumpelte und knatterte wie eine Betonmischmaschine, gefüllt mit grobem Schotter. Bertrand und Paul schienen nicht viel Interesse an einem Gespräch zu haben, freuten sich aber anscheinend, daß ich schlafen hatte können.

Hinter uns fuhr ein alter Austin, voll mit abenteuerlich aussehenden Kerlen, die uns andauernd mit einer Whiskyflasche winkten.

Abends hielten wir auf einer Wiese. Der Lenker des Austins machte nach ewigem Herumgestikulieren ebenso halt. Wir schlugen unser Lager auf.

Das Gras roch kühl und erfrischend. Wir tranken Whisky und brieten Kartoffel, die wir unterwegs von einem uralten Bauern gekauft hatten. Die Besatzung des Austins bestand aus zwei Schotten, einem Ami und Caterine, einer Französin, deren Kleinwüchsigkeit auf uns alle sehr erheiternd wirkte. Das heißt nicht, daß wir sie verspotteten, eher, daß wir den guten Onkel spielten, der der kleinen Nichte die große, weite Welt zeigte. Keiner der Typen hatte einen Führerschein. Ich bewunderte ihre grandiose Frechheit. Randy, einer der beiden Schotten, war ein wirklich famoser Folkgitarrist und zauberte Romantik an unser Lagerfeuer. Neugierig und durch den Rauch hergelockt, tauchten einige Buben aus dem nahen Dorf auf, die uns zum Fußballspielen einluden. Paul und ich hetzten mit ihnen über die Wiese, wir hatten großen Spaß daran. Nachher war ich müde und verschwitzt und bereute, daß ich mir das regelmäßige Rauchen angewöhnt hatte. Slim, der Amerikaner, hatte einen eigenartig trockenen Humor und schien schon ziemlich viel in seinem Leben gereist zu sein. Als wir die Kartoffeln aßen, schilderte er, wie er in Karatschi zu Kartoffeln gekommen war, welche Sorte in Wales angebaut wird usw. Slim sprach ruhig und gewählt. Bei seinen Pointen wieherten die anderen los. Ich verstand meist zu wenig. Caterine zeigte sich von der mütterlichen Seite und verteilte gerecht auf alle sieben Personen. Nachher holte Sean, der zweite Schotte, noch eine Bottel Whisky und reichte sie durch die Runde.

Die Probleme meiner Zukunft versanken in Lächerlichkeit. Vom Whisky leicht betrunken, drehte Sean zur Nachspeise einen Joint. Ein Bauer, der mit einem Rad vorbeikam, hielt

an und trank einen Schluck Whisky. Er lachte viel und schien entweder debil oder wie wir angeheitert zu sein. Randy spielte nach einigen Zügen vom kreisenden Joint noch rhythmischer und hingebungsvoller. Unvorsichtig verbrannte ich mich an einer heißen Kartoffel.
Ich erinnerte mich an ein Fest, an dem Martin abgezogene Texte austeilen wollte. „The House Of The Rising Sun". Wie ein rechtschaffener Jungscharführer wollte er organisieren, daß wir Folk und Blues sangen. Beim Feuermachen griff ich in Martins Tasche und verbrannte die Texte. Ich dachte, das Papier sei einfach zum Unterheizen da. Martin war dann sehr böse auf mich.
Am Morgen lag Nebel über den feuchten Wiesen. Alle anderen waren noch tief in ihren Schlafsäcken verkrochen. Slim schnarchte leise. Ich hatte etwas Kopfschmerzen und starken Hunger. Mein Rausch war von beachtlichem Ausmaß gewesen, denn ich hatte schon beim Lagerfeuer eingenickt und war dann von den anderen in meinen Sack gerollt worden.
Von weit her trug ein leichter, böiger Wind Geräusche eines fahrenden Traktors zu mir. Der Duft der Wiese mit ihren verschiedensten Pflanzen nährte mich. Ich stülpte die Hosenbeine hoch und ging barfuß durch das Gras. Sofort war ich klitschnaß. Halme verfingen sich zwischen meinen Zehen und juckten herrlich. Ich bückte mich und benetzte auch meine Hände, rieb mir mit dem Naß das Gesicht ein. Einige Gräser klebten auf meiner Handfläche und auf meinem Gesicht.
Ich weiß nicht, wie lange ich über die Weiden lief, als ich ungewollt zur Autoput gelangte, die Richtung Norden stark befahren war. Der Nebel war inzwischen zerfallen. Der Sonnenball schob sich träge hoch, benötigte noch Anlaufzeit, war noch unschlüssig. Stur und unnachgiebig rollte die Blechlawine dahin. Viele Autos waren auch auf dem Dach mit Gepäck beladen. Die Insassen blickten müde und übernächtigt zu mir. Sie dachten vielleicht, ich hätte eine Autopanne gehabt und wartete nun auf den Abschleppdienst. Ruhig hielt ich den Blicken der Reisenden stand. Viele lächelten verständnisvoll, nein, eher mitleidig oder schadenfroh. Auf den Hinterbänken der Wägen schlief oft ein Kind, den Körper verdreht und einen Polster, Teddybären oder eine Kühltasche umschlungen.

14.

Ich kehrte heim. Ich kehrte heim und wollte Martins Eltern anrufen. Der Tod ist etwas Schönes, wenn man nur über ihn spricht und ihn nicht tatsächlich erlebt.
In der Mittelschule hatte ich mich in Novalis verliebt. Niemand hatte gemerkt, wie gerne ich mit dem Tod spielte und dabei Hardenberg las.
Auch Martin hatte Novalis verehrt. Trotz unserer hämmernden Rockmusik und unserem Fluchen über Gott, war der Philosoph unser Idol gewesen.
Auto hinter Auto. Die Fahrer setzten wieder die Sonnenbrillen auf und suchten im Radio den passenden Sender. Sie überlegten sicher schon, bei der nächsten Gelegenheit zu halten, um tüchtig zu frühstücken.
Ich begann in der Angst zu laufen, daß die anderen nicht mehr auf mich gewartet hätten und weggefahren wären. Als ich zu einem Feldweg gelangte, führte dieser zu unserem Lagerplatz. Caterine und Bertrand winkten schon ungeduldig und gaben mir den letzten Rest von Tee und Keksen.
Caterine fuhr nun bei uns mit. Die Schotten waren verschwunden. Das Interesse Pauls und Bertrands lag nun mehr an dem Mädchen, da sich auch Französin war. Ich konnte ungestört meinen Gedanken nachhängen. Das Innere des 2 CV's war schon ziemlich desolat. Ich war froh, daß ich in Laibach aussteigen konnte.
Das Klima war nun angenehmer, ich merkte, daß Wien immer näher kam. Dreimal mußte ich meinen Standort wechseln, da mich immer wieder Polizisten aufmerksam machten, daß hier Autostoppen verboten sei. Wie eine Marionette ließ ich mich durch die Gegend schieben. Kaum hielt ein Polizeiauto, schulterte ich den Rucksack, zückte meinen Eierpaß zur Kontrolle und war gefügig.
Bis knapp vor die Grenze nahm mich ein Motorradfahrer mit, der es höllisch eilig hatte. Eng an seinen Rücken gepreßt rasten wir über die gut ausgebauten Straßen Richtung Kärnten. Mein Rucksack, den ich auf dem Rücken gelassen hatte, riß mich beim Schalten oder Anfahren noch mehr als sonst zurück. Ich klammerte mich fest an den Jugoslawen, der seine blonden Haare lang trug. Links und rechts flitzten auf den weißgelben Getreidefeldern arbeitende Bauern vorbei. Die Zugluft schmeckte nach Klee, frischem Teer und Staub. Meine Haare flatterten um Mund und Augen, wenn ich seitwärts blickte.
Über die Grenze nahm mich ein Kärtner Wirt mit, der in Jugoslawien Gemüse eingekauft hatte. Er erzählte viel über

Jagd, verschiedene Gemüsegerichte und drückte sich gerne im Jägerlatein aus. Oft hatte ich keine Ahnung, wovon er sprach.
Ich hatte nichts mehr zu sagen, war schon im Geist zu Hause, bei den Eltern, bei Irene, bei Martins Eltern, die sicher schon von den türkischen Behörden Bescheid wußten, bei Markus, bei Ordnung, bei Zeitregelung und bei meinem Studium.
In einem Dorf Kärntens, wo ich auf meinen nächsten Lift wartete, war alles rein, frisch gestrichen, kein Müll, nur adrett gekleidete Menschen begegneten mir. Einen Moment überlegte ich, ob ich denn doch nicht wieder die Straßenseite und Richtung wechseln sollte.

PENG!

Der Tag hatte für Salcher schon unangenehm begonnen. Beim Rasieren hatte er sich zweimal geschnitten, und das Butterbrot war ihm aus der Hand gefallen und am dreckigen Küchenfußboden klebengeblieben. Im Müllraum lachte ihm Andre Heller als Krone eines Zeitungsstoßes entgegen: poetisch und souverän. Salcher hatte die Wochenendausgabe des Kurier zur Hand genommen und lange in Hellers Augen geschaut bis ihm der Gestank aus den Mistkübeln zuviel wurde und er wie verzaubert auf den Flur trat. Beim Auto fiel ihm ein, daß er das Radio im Wohnzimmer nicht abgeschaltet hatte. Ein Fluch auf Barbara durchzuckte ihn, denn früher hatte sie sich um alles gekümmert. Er hatte sich morgens nur hinsetzen brauchen, um das Frühstück genießen zu können.
Zwei Tage vor der Volksabstimmung war sie nach längerem gegenseitigem Quälen ausgezogen. Ihre Kleidung fand in 2 dicken Koffern Platz und den Kleinkram hatte ihr Salcher einige Tage später zu ihren Eltern nachgeführt. Sie war nicht daheim gewesen, als er ihre Bücher, Geschirr und anderes brachte. Ihre Mutter war verunsichert und drängte ihm einen Kognak auf. Sie wußte nichts von dem Quälen und Streiten, von dem nicht mehr sehen und sogar riechen können.
Salcher lief also mit einem Fluch in seine Wohnung hinauf, schaltete das Radio ab und stand ruhig lauschend im Zimmer. Draußen war es grau und dunkel, Windstöße warfen sich gegen die Fensterscheiben. Am liebsten hätte sich Salcher wiederum ins Bett gelegt und das Leben verschlafen.
Den Arbeitstag brachte Salcher lustlos und unengagiert hinter sich. Er hatte in Dörfern im Süden Wiens einige Kunden betreut und ihnen ein neues Katzenfutterprodukt seiner Gesellschaft einreden wollen. Es war ihm nicht gelungen, kein Wunder, die Leute hatten seine Interessenlosigkeit sicher bemerkt. Beim Fahren über die Landstraße dachte er an Barbara, Zwentendorf und den Schah von Persien, nur nicht an „Mietzknuspi“, die neuen Katzenkekse.
Er war wiederum einmal soweit, den Job zu wechseln, um vielleicht doch noch etwas zu finden, woran er Freude hätte. Barbara hatte Salcher vor 4 Jahren in einem Wintersportort Tirols kennengelernt. Er hatte dort mit den „Fireballs“ in einer Diskothek ein einmonatiges Engagement erfüllt. Täglich saß er ab 10 Uhr abends hinter dem E-Piano und der Hammondorgel, die er sich um eine geringe Gebühr gelie-

hen hatte. 4,5 Stunden wurde dann die Hitparade rauf- und runtergeklettert. Salcher fand jedes einzelne Lied zum Kotzen. Die restlichen Bandmitglieder waren, wie er, verkappte Typen, denen es im Leben nicht so gelaufen war, wie sie sich es vorgestellt hatten.
Sieber, der am Schlagzeug saß, trank pro Abend fast 2 Liter Cola-Rum und konnte aus Nervosität nur nach dem Mittagessen kurze Zeit schlafen. Schlenkerl war ein ehemaliger Schilehrer und zupfte jetzt den Baß. Er konnte, seit er sich beim Bergsteigen schwerstens verletzt hatte, kaum gehen und hatte erschreckend viel Fett angesetzt.
Heribert spielte Gitarre und behauptete jährlich, daß dies seine letzte Saison sei. Er wollte als Musiker aufhören und wieder, wie vor 12 Jahren, als Fliesenleger sein Geld verdienen.
Barbara war jedenfalls beinahe täglich mit einer Gruppe Japanern, die sie zu betreuen hatte, in der Diskothek gesessen, und Salcher forderte sie anfangs einige Male in den Spielpausen zum Tanzen bei Plattenmusik auf. Er traf sich dann mit ihr immer mehr, auch während des Tages, und blieb nach dem Engagement als Musiker als Kellner im Schidorf. Im März fuhren dann beide nach Wien, wo Salcher eine 70 m^2 Wohnung sein Eigentum nannte. Während der Zugfahrt beschlossen die beiden im Speisewaggon, daß sie heiraten. Salcher hatte viel Rotwein getrunken und versprach Barbara alle möglichen Dinge. Unter anderem, daß er endgültig sein liederliches Leben in den Kommerzbands abschließen und sich um einen fixen Arbeitsplatz kümmern werde.
Barbara fehlte mit 22 Jahren das Gefühl für Männer. Sie war bis zu ihrem achtzehnten Lebensjahr kaum weggegangen, da sie ihre gelähmte Mutter betreuen hatte müssen. Erst nachdem dies eine jüngere Schwester übernommen hatte, fand Barbara Kontakte zu anderen Menschen, vor allem Männern. Sie ging auch bald auf Saisonarbeit in Schiurlaubsorte, um dort Kunden ihres Reisebüros zu betreuen. In diesen 2 Jahren hatte sie wohl einige Freunde gehabt, jedoch nie ein Verhältnis auf Dauer aufbauen können, da sie ja oft den Arbeits- und Wohnort wechseln mußte.
Salcher war es Barbara wert, ihre gute Stellung aufzugeben. Sie vergaß die Mühen der Handelsschule und der Englischkurse in der „Urania", die ihr Beruf erfordert hatte.
Sie pflegten zu ihren Familien kaum Kontakte, teils aus Bequemlichkeit, teils aus Zeitnot, da der Vater Salchers in einem Pflegeheim bei Wiener Neustadt verrottete und Barbaras Eltern in Horn wohnten. Ab und zu wurde ein

Brief abgeschickt, der manchmal in Form eines Telefongespräches oder einer Postkarte Widerhall fand.
Salchers erster Job war Privatdetektiv bei „Carrefour" in der SCS. Er nahm seine Aufgabe sehr genau und entwickelte einen Art Sinn für das Erkennen von Warenhausdieben. Viel Zeit verbrachte Salcher bei den Schallplatten, stöberte sie durch und nahm sich vor, daß er daheim wieder ein wenig auf dem E-Piano spielen werde.
Barbara war sehr anfällig gegenüber Rockmusik, sie war ihr immer zu laut oder zu schrill, und Salcher konnte fast nur mehr mit Kopfhörern seine Platten aus vergangenen Tagen abhören: Cream, Spencer Davis Group oder Deep Purple. Der Standesbeamte hatte gesagt, daß man füreinander Verständnis zeigen sollte, was Salcher im ersten halben Ehejahr auch gelang, doch bestand er auf sein Vergnügen, und seine Frau hockte mit Oropax in der Küche beim Kreuzworträtsel.
Salcher wurde es langweilig, täglich im Wohnzimmer Barbara vor dem Fernseher zu sehen, und so versuchte er mit Sieber, dem ehemaligen Schlagzeuger der „Fireballs", Kontakt aufzunehmen. Sieber hatte im vergangenen Winter in Radstadt mit einer neuen Band gespielt, die sich auf leicht verdauliche Unterhaltungsmusik spezialisiert hatte. Er war nervös wie immer und klagte über Schlaflosigkeit. Seit 3 Wochen saß er in Wien bis zur Sperrstunde in den Nobeldiskotheken, rauchte seine „Dunhills" und trank Cola-Rum. Sieber zeigte seinem alten Kumpel seine geschwollenen Lymphdrüsen und plante, im Sommer in ein jugoslawisches Heilbad zu fahren, um von diesem kaputten Leben gesunden zu können.
Salcher schlug sich mit Sieber einige Nächte um die Ohren, flirtete mit stumpfen Diskogirls und erfuhr, das Heribert in Linz Fliesenleger war und mit der Tochter eines Cafebesitzers ging. Schlenkerl war noch blader geworden und mußte beim Spielen stets sitzen, da er in den Beinen unerträgliche Schmerzen hatte. Sieber hatte von ihm das letzte Mal einen Anruf aus der Schweiz erhalten, aus einem Schiort, den er noch nie gehört und daher vergessen hatte.
Sieber fuhr bald wieder weg auf ein Engagement an einen Kärtner See. Bei der Abreise schien er, so kam es Salcher vor, weniger nervös zu sein und trank in der Bahnhofspinte kein Cola-Rum, sondern Tee.
Salcher war es das erste Mal in seinem Leben langweilig, denn Barbara war fast jeden Abend in irgendeinem Abmagerungsclub. Sie schien immer weniger Interesse an ihm zu haben, was umgekehrt ebenso war. Seit Sieber fort war,

saß Salcher wieder vor dem Piano und versuchte, sich Musiknummern von Platten weg einzulernen.
Sonst machte ihm eigentlich nur Spaß, wenn er ein „Schwein", einen Ladendieb, erwischte und es bloßstellen konnte. Es war verwunderlich, welche Leute darunter waren. Aus Langeweile beorderte Salcher möglichst viele Verdächtige in das Verhörzimmer und zog das Gespräch bewußt in die Länge. Er studierte den Dieb in seiner peinlichen Situation, seine Bitten und sein Gejammer.
Einige Detektivkollegen hatten schon härtere Jobs hinter sich und erzählten oft in den Pausen aus ihrer gefährlicheren Vergangenheit. Einer von ihnen, Gamrath, hatte sogar die Matura absolviert und neben seinem Studium bei einem Privatdetektivbüro gearbeitet. Sein Nebenberuf war jedoch mit der Zeit zum Hauptberuf geworden. Jetzt arbeitete er hier, da er geheiratet und Kinder hatte und seine Gattin zuviel Angst um ihn in seiner vorigen Angstellung gehabt hatte.
Salcher erzählte dann den anderen seine gleich gefragten Geschichten mit Frauen aus der „Fireball"-Zeit. Um sich Respekt zu verschaffen, dichtete er noch manche Bettaffaire dazu.
Man schloß Wetten ab, wer mehr „Schweine" an einem Tag ertappen würde. Salcher lag nach einem Monat klar in Führung, und Gamrath lud ihn darauf einmal nach Dienstschluß ein, doch mit nach Mannersdorf zu kommen, wo er in einem aufgelassenen Weinkeller mit Freunden Schießübungen veranstaltete.
Zweimal pro Woche fuhr Salcher nun mit Gamrath zum Zielschießen. Und es tat einem unheimlich gut, wenn es knallte. Der schlechteste Schütze mußte 2 Doppler Wein zahlen, einer davon wurde immer während des Schießens getrunken, den zweiten nahm sich der Sieger meist heim.
Nach 2 Jahren hatte Salcher von seinem Schnüfflerjob genug und begann als Vertreter bei einer Tierfutterfirma. Die Beziehung zu Gamrath, der übrigens auch die Stellung gewechselt hatte und als Busschofför arbeitete, blieb intakt. Das Schießen war zu einer Leidenschaft geworden, die alles andere zerstörte. Barbara drohte nicht lange mit der Trennung, bis sie es wirklich tat. Salcher vermißte nur die Bequemlichkeiten, die ihm die Ehe gebracht hatte, er trauerte Barbara keine Träne nach. Es ging sogar soweit, daß er Hochzeitsfotos nach Mannersdorf mitnahm und auf sie schoß. Gamrath spendierte für diese köstliche Einlage einen Extradoppler. „Das ist halt noch ein Mann", lautete seine Belobigung. Salcher mußte in dieser Nacht seinen Dienst-

wagen vor dem Keller stehenlassen, da er sich vollkommen betrunken hatte. Beim Nachhausefahren verkotzte er Gamraths Wagen, der ihn deshalb als nächste Schießbudenfigur vorschlug.
„Jeder lebt SEIN Leben“, war ein Leitspruch Salchers geworden. Was um ihn geschah und getan wurde, war ihm gleichgültig geworden. Es gab keine Zukunft oder Vergangenheit. Wenn Post für Barbara kam, öffnete er sie, da er Interesse an einem fremden Menschen zeigte. Er verstand viele Zusammenhänge nicht mehr und verfing sich in einem unsichtbaren Netz. Gamrath schätzte er wegen seiner Begeisterung für Männerfreundschaften. Er schloß sich den Worten Gamraths an: „Du mußt schießen, um zu überleben.“
Das Leben war ein Knallkörper in fischelndem Hundefutter geworden. Um sein E-Piano kaufte sich Salcher auf Empfehlung Gamraths eine amerikanische Schnellfeuerwaffe, mit der er sich in kämpferischen Stellungen fotographieren ließ. Die am besten gelungene Aufnahme trug er in der Geldtasche. Salcher war stolz auf sein „Peng-Peng-Leben.“

AUTORENKOLLEGIALITÄT

1.

Hohler wußte zuerst gar nicht, wem die Stimme am anderen Ende der Telefonleitung gehören sollte.
„Hallo, ist dort Georg Hohler? Hier spricht Karl Mander. Erinnerst du dich, wir sind gemeinsam in die Unterstufe des Gymnasiums gegangen?"
Hohler war viel zu lange von der Schule weg, um sich noch an Menschen zu erinnern, die mit ihm vor 20 Jahren in einer Klasse gesessen waren. Während Mander hastig seine Verlegenheit äußerte, wie peinlich es ihm wäre, wenn sein Anruf Hohler ungelegen käme, tauchte in Hohlers Erinnerung ganz langsam die Gestalt des Schulkollegen auf.
„Ich erhielt deine Telefonnummer von Cora, die ja auch mit uns zur Schule ging, und dachte mir, daß es ganz nett wäre, wenn wir uns einmal treffen."
Sehr verschwommen sah Hohler Mander vor sich während er auf dem Notizblock, der auf dem Telefontischchen lag, kleine, häßliche Männchen zu kritzeln begann. Mander war ihm als unscheinbarer, komischer und im Unterricht erfolgloser Junge in Erinnerung, mit dem er eigentlich nie zu tun gehabt hatte. Hohler war diese plötzliche Freundschaftlichkeit lästig. Er hätte am liebsten kommentarlos aufgelegt, um zu seinem Schreibtisch zurückzukommen.
„Wenn du nichts dagegen hast, besuchen wir dich, also meine Frau, die eigentlich gar nicht mehr meine Frau ist ..., in deiner Wohnung. Oder wir gehen zu einem Heurigen, wie du willst."

Das war Hohler zuviel. Er war ohnehin froh, von Menschen, die ihm nichts bedeuten, Ruhe zu haben. Und nun wollte sich ein Schulkollege mit Gattin in seine Wohnung hocken, um ihm seine kostbare Zeit zu stehlen.

„Ja, Hohler, dann wäre noch etwas, was ich dich bitten wollte. Ich bekam zufällig eines deiner Bücher in die Hände. Cora erzählte mir darauf, daß du schon länger schreibst und sogar davon lebst."
Bei diesem Satz mußte Hohler lachen. Die Phrase „davon leben" war glatte Übertreibung, da er mit dem verdienten Geld als Autor verhungern würde. Vielmehr sponserten ihn seine Eltern, oder er fuhr tageweise Taxi, um existieren zu können.

„Ja, so dachte ich mir, da ich eine Bekannte habe, die auch schreibt, daß du eventuell ihre Texte prüfst und ihr Tips gibst."
Auch das noch! Hohler haßte so eine Angelegenheit, da er sich für die Beurteilung fremder Literatur unfähig wußte. Einige Male schon war ihm passiert, daß er ein Manuskript an Kollegen, die ein Literaturmagazin betreuten, weitergereicht hatte und eine negative Antwort weiterleiten mußte. Er hatte einfach nicht die Möglichkeiten und das Gefühl, anderen Schreibenden zu einer Publikation zu verhelfen. Leute, die ihn um Hilfe baten und merkten, daß dies umsonst gewesen war, ließen sich nie wieder bei Hohler blikken. Leicht zu erraten, warum. Sie fühlten sich von Hohler im Stich gelassen und ahnten, daß er sich gar nicht richtig bemüht hatte.
„Bitte, verstehe mich richtig! Ich will dir keine Arbeit aufbürden, hoffe aber, daß du meiner Bekannten, die schon sehr lange schreibt, mit einem kleinen Rat Mut machen kannst."
Mut machen! Hohler mußte wieder beinahe herzhaft lachen. Zum „Mut machen" würde er auch jemanden benötigen. Erst letzte Nacht grübelte er herum, wie er eine Idee in einen interessanten Prosatext umwandeln könnte. Oder letzten Montag hätte er auch einen effektiven „Mutmacher" nötig gehabt, als im Postkästchen ein dickes Manuskript vom „Palais-Verlag" retour gekommen war. Ein nettes Briefchen war auch dabei: „Leider, zu wenig sorgfältig ... blah, blah. Ihr Alt, Lektor." Hohler hatte die letzten Sätze Manders gar nicht mehr richtig mitgehört. Er angelte nach seinem Mutmacher, einer Flasche Kognak, und kippte einige Schluck.
„Weißt du, es würde mich ehrlich freuen, von früher jemanden wiederzusehen."
„Ja, ja, mich auch. Aber es tut mir leid. Ich muß in den nächsten zwei Wochen unbedingt eine Arbeit fertigstellen. Dann fahre ich zwei Wochen weg. Wenn ich heimkomme, rufe ich dich an. O.K.?"
„Gut, wie du willst. Ich warte, bis du dich meldest. Tschüß."
Hohler legte auf. Für ihn war die Sache erledigt. Er wollte Mander auf keinen Fall treffen. Überhaupt, wenn er seine Frau dabei hatte, die gar nicht seine Frau war ... Was sollte dieser Blödsinn bedeuten? Hohler wollte seine Ruhe haben und Konzentration zum Schreiben finden. Er konnte sich schon vorstellen, was für eine Dichterin ihm Mander aufhalsen wollte. Wahrscheinlich eine von den exaltierten Weibern, wie er sie im „Ring" kennengelernt hatte. Frauen,

die beherzt ihre Reimchen schmieden und sich einbilden, das Schöne zu pflegen. Ach nein! Das alles konnte Hohler wirklich gestohlen bleiben. Er wollte überhaupt möglichst wenig Kontakte zu Schriftstellern, die immer nur langweilig von ihren „Werken“ faseln und nicht kapieren, daß man gar nicht gebeten hat, diese Ergüsse zu Gehör zu kriegen.
Hohler setzte sich wieder an seinen Schreibtisch. Den Mutmacher stellte er vorsorglich neben sich, falls ihm — wie so oft — die Freude am Schreiben vergehen könnte. Doch er fand nicht mehr in dieses Gedankengeflecht hinein, das er vor Manders Anruf so übersichtlich entknotet hatte. Deshalb ging Hohler gleich einmal rasch ins Vorzimmer und legte den Telefonhörer von der Gabel, um ungestört zu bleiben.
Wieder am Phantasietischchen wanderte der kleine Mander vor ihm herum und verschwand nicht aus Hohlers Sinn. So begann er in verstaubten Laden nach Fotoalben aus der Schulzeit zu kramen, um Manders Bild in klaren Umrissen vor sich sehen zu können.
Schuljahr 1963, 2. Klasse B. Hohler graste Reihe um Reihe nach Mander ab. Hier war er! Klein und bescheiden saß er da. Seine Mäuschen-Augen strahlten vor kummerhafter Erfolglosigkeit. Um ihn kindhaft leuchtende Gesichter. Manchen war ein Anflug von überlegenem Zynismus abzulesen. Mander schaute lebensgeprüft wie ein rescher Frühwitwer.
Hohler schloß das Album wieder für die nächsten Jahre. Mit dem Schreiben war es für heute vorbei. Er holte sich einen Chandler aus dem Bücherschrank, mixte Campari-Soda und machte es sich auf dem Balkon bequem. Mander war vergessen.

2.

Ein ganzes Monat war vergangen. Hohler war aus Kärnten zurück und fand einen Brief von seiner geschiedenen Frau vor. Sein erholter Nervenzustand ging rapide verloren.
„Ich weiß, daß es Dir finanziell nicht rosig geht, muß aber nun endgültig Deine Schulden bei mir einfordern, da ich meine Küche modernisieren will. Bitte, überweise in den nächsten Tagen auf mein Konto S 20.000,—. Deine Isabelle.“
Ach, wie herrlich! Hohlers Konto war um etliche Tausender überzogen, und nun rüttelte die Ex-Gattin an seiner Existenz. Am besten wäre, auf der Stelle abzuhauen und als Eremit ein neues Leben zu beginnen.

Am nächsten Tag saß Hohler schon im Taxi. Er wollte eine Woche durchfahren, um Isabelle eine Anzahlung senden zu können. Es war heiß, schwül und stinkig in Wien. Schön gleichmäßig waren Baustellen wie hinterhältige Fallen in der Stadt verteilt. So richtig wunderbar, um sich grün und blau zu ärgern, da man einen Fahrauftrag oft verpaßte, weil man durch Umleitungen aufgehalten wurde und Zeit, viel Zeit, verplemperte. Hohler saß mit durchschwitztem T-Shirt in der überhitzten Karre und sehnte sich nach einem kühlen Abend mit viel eiskaltem Bier und Schlaf. Der Abend kam, die Kühle nicht. Es blieb schwül und tropfend. Die Fahrgäste waren gereizt und unfreundlich. Mindestens einmal pro Tag wurde Hohler von einem Autofahrer, den er angeblich irgendwie behindert hatte, versprochen, daß ihm eine Anzeige ins Haus flattern werde. Hohler war bei der Hitze sogar zu faul, um provokativ zu lachen. Er trank Dosenbier aus der Kühlbox und stellte den Rückspiegel tiefer, wenn junge Frauen hinter ihm saßen. Verstohlen beobachtete Hohler ihre braungebrannten Schenkel, bis er merkte, daß er zu spinnen begann und am liebsten wieder nach Kärnten an den Weißensee abhauen wollte. Wenn Hohler längere Zeit an seinem Standplatz auf Kundschaft wartete, befaßte er sich im Gedanken mit Nina, einem deutschen Mädchen, das ihm die Kärtner Zeit sehr angenehm gemacht hatte. Er entkleidete sich noch einmal mit fahrigen Bewegungen und merkte, wie sie vor Gier zuckte.
Die Woche war vorbei, und Hohler hatte inklusive Trinkgeld S 10.000,– verdient. Am Montag in der Früh wollte er Isabelle 8 Tausender Anzahlung überweisen. Ein Kühlschrank würde sich damit schon ausgehen. Samstag abend hockte Hohler wieder auf dem Balkon und versuchte, sich zu konzentrieren, um an einer Story weiterschreiben zu können.
Beinahe war er soweit, als plötzlich das verdammte Telefon läutete.
„Jaaa, Servus, Hohler. Hier ist Mander. Wie geht es dir? Wir haben ausgemacht, daß du dich nach deinem Urlaub bei mir meldest. Anscheinend hast du mich nicht erreicht."
Hohler war verblüfft, da er Karl Mander nicht zugetraut hatte, daß er sich noch einmal meldete. Ihn störte sofort, daß er zwar die Frage nach seinem Ergehen stellte, jedoch gar nicht abwartete, wie eine Antwort ausfallen würde. Hohler spürte, daß Mander genau wußte, daß er nicht einmal versucht hatte, ihn anzurufen. Mit einem frechen Gegenangriff nahm er aber einer peinlichen Situation den Wind aus den Segeln.

3.

Nun hatte es auch noch zu regnen begonnen. Es kühlte jedoch nicht im geringsten ab. Die Luftfeuchtigkeit war erstaunlich. Hohler hatte an diesem Samstag schon das dritte Leibchen übergestreift, das auch bald naß unter den Achseln war und unagenehm roch. Immer wieder pendelte Hohler zwischen dem Badezimmer und seinem Arbeitszimmer. Im Badezimmer frisierte er sich, im Arbeitszimmer hämmerte er seinen neuesten Text in die Schreibmaschine. Seit Hohler an Haarausfall litt, war das Frisieren für ihn quälende Prozedur, die ihm viel Zeit stahl. Oft hatte er sogar schon Termine versäumt, da ihm nicht die gewünschte Frisur gelingen wollte. Immer wieder erspähte er Kahlstellen und rackerte, um sie zu kaschieren. Mander sollte auf keinen Fall bemerken, daß er weniger Haare als zur Schulzeit hatte. Nur kürzer trug sie Hohler, wie es eben Mode war. Da Hohler sich andauernd vertippte und vom Radex schon weiße Fingerspitzen hatte, mußte er sich eine beeinträchtigende Unruhe eingestehen. Heute war der Tag, an dem er Karl und seine beiden Damen treffen sollte und mußte.
Vorsichtig lenkte Hohler den Wagen am Rathaus des Heurigenortes vorbei. Der Scheibenwischer quietschte. Es tröpfelte gerade soviel, daß er eingeschalten bleiben mußte. Es war vereinbart, daß Mander um 19 Uhr beim Rathaus warten sollte. Hohler war pünktlich, sah aber im Vorbeifahren keinen ihm bekannten Menschen, da ihm die Sicht durch parkende Autos verwehrt war. So fuhr er zum Kirchenplatz, reversierte und hielt später vor dem Rathaus. Er erkannte Mander im ersten Moment. Er war ebenso klein, komisch gekleidet und mit Schirm bewaffnet wie vor 20 Jahren.
„Servus. Darf ich dir meine Frau Margit vorstellen! Und hier ist Gitte Mildner, die Dichterkollegin, hahaha."
Hohler schüttelte den beiden die Hand und erschrak. Genauso hatte er sich die beiden Frauen vorgestellt.
„Gut, Mander. Geht, bitte, da rechts vor zum Heurigen Wolf. Dort finden wir sicher Platz."
Im Auto knabberte Hohler erst einmal am ersten Eindruck und fuhr bewußt sehr langsam zum Parkplatz, der neben dem Heurigen war.
Margit Mander hatte auffallend dichtes, lockiges, schwarzes Haar, das sie lang trug. Ebenso schwarz und eigenartig groß waren ihre Augen. Sie hatte einen bunten Rock an, wie ihn Hohler früher oft bei Isabelle auf Ballbesuchen gesehen

hatte. Um die Schultern trug Margit eine weiße Spitzenstola. Hohler wurde durch ihre Erscheinung an eine Zigeunerin aus einem Kinofilm erinnert, die mit einer schwarzen Katze auf dem Rücken in Trance auf eine Glaskugel starrte. Als Margit einige Sätze sprach, hatte sie Hohler kaum verstanden. Sie war durch eine Hasenscharte verunstaltet.
Noch mehr jedoch lehrte ihn Gitti Mildner das Fürchten. Ziemlich fest und breitarschig erkannte Hohler sofort den Typ einer resoluten und überaus selbstbewußten Frau in ihr, die ihre Wünsche eisern durchzusetzen vermag. Aber sie war nach Meinung Hohlers sehr „fein" gekleidet und tendierte in ihrer Adjustierung eher zum Folkloristischen. Gitte Mildner war braungebrannt und trug große Brillen, die ihre Augen wie durch Lupen betrachtet aussehen ließen. In der Hand hielt sie einen Plastikumschlag mit den Texten, die bald Hohler überreicht werden sollten.
Georg Hohler lief eilig in das Schanklokal, um zu sehen, ob überhaupt Platz für seine Runde wäre. Mander hatte nämlich schon vorwurfsvoll dreingeblickt, als ihm Hohler gestand, daß er keinen Tisch reservieren hatte lassen, da er dies für unnötig gehalten hätte.
Auf dem Weg vom Auto zum Heurigen hatte es etwas stärker zu regnen begonnen. Hohler war darüber sehr verärgert, da er Angst hatte, die Tropfen könnten seine mit Mühen entstandene Frisur zerstören.
Als er die Tür des Lokals öffnete, strömte ihm einmal Lärm, Zigarettenrauch und der Geruch von Kümmelbraten entgegen. Darauf begrüßte ihn überaus freundlich der Wirt senior und der Wirt junior, die er beide vom Sehen kannte. Alle Tische waren besetzt. Fünf Tische waren sogar von einem Gesangsverein zusammengeschoben worden. Die Chormitglieder stimmten eben „Hoch auf dem gelben Wagen" an. Rotgesichtig und anscheinend schon länger beim Wein, jubilierten sie wie die Vöglein im Walde. Als der Wirt das enttäuschte Gesicht Hohlers bemerkte, dirigierte er ihn in ein Nebenzimmer weiter, einem niederen, verrauchten und ungelüfteten Raum, in dem es ebenso laut wie draußen bei den Sängern war. Ein Tisch war hier frei, und Hohler teilte dem Wirt mit, daß gleich noch drei Personen folgen würden. Er mußte sofort seine Jacke ablegen, da ihn die Hitze in dieser Höhle zum Schwitzen gebracht hatte. Kaum hatte Hohler seine Leinenjacke über eine Sitzbank gehängt, öffnete sich die Tür, und Mander betrat mit seinen Damen das Gastzimmer. „Der hat von diesen drei sicher am wenigsten zu reden", dachte Hohler und winkte sie zu sich in den Nebenraum.

Mander nahm neben ihm Platz, nachdem er einige Minuten herumprobiert hatte, wie er seinen Schirm am besten deponieren sollte, ohne ihn beim Weggehen zu vergessen. Hohler gegenüber hatte sich Gitte Mildner plaziert, die jetzt noch den Mund hielt und dafür ziemlich giftig durch die Runde schaute. Neben ihr saß Margit Mander, die von Anfang an betonen wollte, wie schönes Haar sie hatte und es deswegen oft mit den Händen ordnete.
Hohler stellte sofort einige Fragen, die seine und Karl Manders Schulvergangenheit betrafen, um zu überspielen, daß er eigentlich gar nicht mehr viel über diese Zeit wußte, am wenigsten über Mander. Dieser schien wirklich über dieses Treffen erfreut zu sein und prostete Hohler einige Male zu.
Beim Hinsetzen hatte Mander 3 Pakete Zigaretten verschiedenster Sorte auf den Tisch gelegt, die er nun im „Dreierrad" genoß. Margit hielt beim Rauchen mit, und als Hohler bemerkte, wie froh er sei, daß er sich das Rauchen abgewöhnt habe, pflichtete ihm Gitti Mildner fleißig bei und ließ ihm spüren, wie vernünftig sie seinen Entschluß einschätze.
Schön langsam war das Schulthema durchgekaut, und Georg Hohler begann krampfhaft zu überlegen, worüber er nun sprechen könnte.
Auch Gitti Mildner schien das Versickern des Gesprächsstoffes bemerkt zu haben. Daher ergriff sie nun die Gelegenheit, den eigentlichen Grund der Zusammenkunft anzuschneiden.
Es war schwül, verraucht und heiß in dieser Katakombe. Hohler spürte, wie sein Hemd in den Achseln naß geworden war und jetzt von hübschen, dunklen Schweißrändern geziert wurde.
„Herr Hohler-äh darf ich Georg zu ihnen sagen ...?"
Hohler wunderte sich über den plötzlichen Freundschaftsantrag. Sicher hatte Mander einiges von ihm erzählt, und Gitte Mildner bildete sich nun beinahe ein, selbst mit ihm in die Schule gegangen zu sein. Er bejahte, um keine peinliche Situation heraufzubeschwören, war aber mit der Poetin weiter per „Sie".
„Ich will Sie nicht lange belästigen und die Unterhaltung der Runde stören." Nun hatte sie doch wieder Distanz bewahrt, Hohler war es nur angenehm. „Bitte lesen Sie sich daheim meine Gedichte durch, es ist auch Prosa dabei, und schreiben Sie mir Ihre ehrliche Meinung dazu."
Die Mildner schob die in einem Plastiksackerl gefalteten Blätter wie eine Wurstsemmel neben Hohlers Weinglas.
„Ich habe bis jetzt noch keinen Verlag gefunden, da ich

wahrscheinlich zu hart in meiner Aussage bin. Ich bin nicht progressiv im modernen Sinn, nehme mir aber kein Blatt vor den Mund."
Hohler biß in sein Leberkäsbrot und nickte.
„Einmal stellte ich mich beim Rundfunk vor, aber so ein arroganter Pimpf, dessen Mutter ich sein könnte, . . ."
Hohler rechnete nach. Gitte müßte also schon mit 11 geschwängert worden sein, wenn man dem ORF Mitarbeiter 22 Jahre zurechnete.
„. . ., sagte so von oben herab, meine Texte wären nicht verwendbar. Ich sage Ihnen, äh Dir, ich schnappte mein Packerl und verschwand schleunigst, um nicht ausfällig zu werden."
Hohler konnte sich richtig bildlich vorstellen, wie die entrüstete Lyrikerin durchs Rundfunkgebäude in der Argentinierstraße rauschte. Tapp, tapp, am Portier vorbei, der wie ein fetter Mafiosi ausschaut, und hinaus aus dem Nockerlaquarium. Hohler fiel der Schlagersänger Charly ein, der vor zwei Jahren vor dem Sendehaus demonstrierte, weil zu wenig österreichische Interpreten von den Moderatoren eingesetzt würden. Er stand in abgehatschten Töfflern neben kunstvoll geschriebenen Plakaten, seine Frau ist zufällig Zeichenlehrerin, auf denen Parolen und des Sängers Forderungen vermerkt waren. Das alles passierte natürlich mehr mit dem Hintergedanken, daß man seine eigenen Platten spielte, was zum Glück recht selten vorkam.
Gitte Mildner erklärte eben, wie sie ihre Werke verfaßte. Ihr Mund bewegte sich flott und brav. Ab und zu schob sie ihre riesigen Brillen hoch. Hohler nahm einen Schluck und folgte wieder eigenen Gedanken. Mander und seine Frau lauschten interessiert Gittes Ausführungen.
Hohler besuchte damals mit einem Freund, der ebenfalls Musiker ist, Charly. Der Protestler wollte solange im Hungerstreik bleiben, bis ihn einer der hohen Intendanten zu einem Gespräch einlud. Der Fettarsch von Portier ließ Charlys Sympathisanten nicht auf das Klo des Rundfunkgebäudes gehen. Charly rauchte Kette. Vorbeikommende Moderatoren duckten sich, senkten schamvoll den Blick und flüchteten sich mit eingezogenem Schädel außer Reichweite. Hohler und die anderen mußten damals sehr lachen und fanden die Aktion unterhaltsam. Charly wollte in der Nacht in seinem Kombi schlafen und war bemerkenswert happy.

Auf dem Weg zum eigenen Auto gingen sie an Charlys Wagen vorbei. Im Laderaum lag ein zusammengerollter Militärschlafsack. Daneben stand eine Tüte, aus der eine

Flasche Bier und eine „Genickwurst" lugten. Das fand Hohler am lustigsten von allem.

Am nächsten Abend wurde Charly von Piggi M., einem Sängerkollegen, aufgesucht. Piggi war leicht geölt und fand alles „irrsinnig gut". Als auch ihm der Hauscerberus den Weg zum WC versperrte, pinkelte Piggi auf das Trottoir vor dem Funkhaus. Zu Hilfe geholte Cobra-Polizisten wollten Strafgeld kassieren. Daraufhin wurde alles ein bißchen hektisch. Piggi brüllte schweinisch herum, und die Beamten fühlten sich auf ihrem hohen Roß beleidigt. Jedenfalls landete Piggi im „Guglhupf" und kehrte erst wieder am nächsten Tag mittags zu Frau und Kindern heim. So schnell geht das! Dieser Skandal war dem resoluten Piggi willkommen. Er schrieb für alternative Literaturblätter Berichte und ließ sich als Märtyrer feiern. Dem Ansehen der Polizei hatte der Vorfall wieder mehr geschadet als genützt. Der emanzipierte Piggi schlachtete sein Erlebnis bis zum letzten aus.
Charly brach nach drei Tagen seinen Hungerstreik ab, da ihn einer der ORF Chefs zu einem Plauscherl vorgelassen hatte. Was da wirklich ausgehandelt wurde, weiß niemand. Auf jeden Fall verschwand Charly nach seinem spektakulären Unternehmen ganz in der Versenkung. Man hörte weder eines seiner Lieder im Radio, noch wurde ein öffentlicher Auftritt angekündigt.
Gitte Mildner referierte noch immer Autobiographisches. „Ich will auch schauen, daß ein begabter Musiker meine Gedichte vertont. So à la R. Fendrich. Kennen Sie keine geeignete Person?"
Es war noch heißer geworden in dieser verrauchten Weingruft, und Hohler sehnte sich nach Ruhe und Frischluft. Er bemühte sich, Mildner merken zu lassen, daß er nun Bescheid wisse und stellte einige Fragen an Mander, der da saß, als ob ihn alles nichts angehen würde.
„Karl, stimmt's! Zeig dem Herrn Hohler, wieviele Gedichte ich geschrieben habe!"
Mander deutete mit den Handflächen einen Stoß von ca. 10 cm Höhe an.
Mildner schlug entsetzt die Hände über dem Kopf zusammen.
„Aber nein, erinnere dich doch! Soviel, mindestens."
Sie verdreifachte Manders angegebene Menge. Hohler dachte an die Prahlereien an Fischerstammtischen.
Margit Mander erzählte nun auch einige Geschichten von ihrer Arbeitsstelle. Sie war in einem Heilbad beschäftigt.

Hohler verstand kaum etwas und lachte immer um einen Moment später als die anderen Zuhörer.
Plötzlich sprang Gitte Mildner auf und fuhr sich mit einem blütenweißen Taschentuch über die glänzende Stirn.
„Ich halte es hier nicht mehr aus. Diese Hitze! Setzen wir uns in den Garten!"
Hohler und Mandler willigten ein. Margit zog ein Schnoferl und meckerte, daß sie keine Socken an hätte. Sie mußte aber der Mehrheit gehorchen.
Draußen tröpfelte es leicht. Sie nahmen unter einem Baum Platz. Die Serviererin kam mit einem Schirm und wischte mit einem Fetzen das Wasser von den Sesseln und der Tischplatte. Es war schon fast dunkel. Schwarze Wolken bedeckten den Himmel. Mander suchte wieder peinlich lange nach einem geeigneten Platz für seinen verdammten Schirm. Hohler spähte heimlich nach der Armbanduhr und setzte sich ein Limit für das Abhauen.
Nun redete niemand. Hohler stierte in sein Weinglas und beruhigte sich, daß ja alles einmal überstanden wäre.
Gitte Mildner saß nun in ihrer weißen Stola eingehüllt da und hörte der Musik zu, die aus dem Schankraum erklang.
„Herr Hohler, würde es sie stören, wenn ich den Musiker herhole?"
Auch das noch! Hohler war froh, daß es durch den Platzwechsel etwas ruhiger geworden war. Jetzt wollte sich das Weib diesen süßlichen Raunzer noch herbestellen.
„Nein, bitte nicht nicht, ich mag diese Art von Musik nicht."
„Ach, wie schade!" sagte darauf Mildner und machte ein Gesicht, als ob sie Hohlers Unverständnis bemitleidenswürdig fände.
Mander prostete Hohler immer öfter zu und sagte: „Auf unser Wiedersehen."
Hohler ging die ganze Anstoßerei schon auf die Nerven. Er wollte einen Schluck machen, wann es ihm selber behagte.
Für Gitte war die Heurigenmusik-Thematik noch nicht beendet. Sie schwärmte Hohler vor, wie gelungen einige dieser Lieder die Stimmung Wiens einfangen würden. Besonders schien sie charmant und naiv erzählte Liebesgeschichten zu lieben. Ihre Passion verleitete Gitte sogar, Passagen aus Operetten vorzusingen und dazwischen mit gehetzter Stimme mit einer gerafften Inhaltsangabe die Pause bis zum nächsten Lied zu überbrücken. Hohler saß mit hochrotem Kopf schreckensstarr da und betete schwitzend, daß die Euphorische sich wieder beruhigen würde. Da es inzwischen zu regnen aufgehört hatte,waren ringsum einige Tische besetzt. Die übrigen Gäste blickten verwundert und

belustigt über den unerwarteten Kunstgenuß zu Gitte herüber. Hohler achtete, daß er niemanden Blickes traf.
Mander und Frau schienen derartige Einlagen gewöhnt zu sein, denn sie störte offensichtlich Gittes Auftritt nicht weiter. Margit Mander forderte Gitte sogar auf, einige griechische Lieder zum besten zu geben. Hohler, der zufällig etwas die griechische Sprache beherrschte, da er auf der Urania einen Kurs besucht hatte, verstand kaum ein Wort von dem, was Gitte sang. Er vermutete, sie imitiere und simuliere einfach die ihr fremde Sprache, da sie Gefallen an schwungvollen Melodien gefunden hatte.
Hohler griff nach seiner Jacke, um endlich nach Hause zu verschwinden und bemerkte in diesem Moment, daß er Gittes schriftstellerische Werke im Gastzimmer vergessen hatte. Während Gitte noch weiter flötete, lief Hohler rasch das Kuvert holen, das zum Glück noch unversehrt auf einer Heizkörperverkleidung nebe einem Besoffenen lag. Er versteckte es hinter seinem Rücken und setzte sich wieder auf seine Bank.
Gitte hörte plötzlich zu singen auf, sprach kaum und sinierte eigenbrötlerisch vor sich hin. Hohler widmete sich wieder der Familie Mander. Karl schilderte die Leidensgeschichte seiner Frau, die zweimal an Gehirnhautentzündung erkrankt gewesen war und bleibende Schäden davongetragen hatte. In ihrer linken Hand hatte sie den Tastsinn verloren und — was fruchtbar war — sie hatte Probleme beim Sprechen und Schreiben. Bei jedem Wort mußte sie überlegen, ob sie es auch richtig verwenden würde.
Hohler hörte sich die volle Krankengeschichte an, die Mander bis ins Detail entblätterte. Ununterbrochen wünschte er sich fort, um doch diesen Samstag in psychischem Gleichgewicht beenden zu können.
„So, ich gehe jetzt. Ich muß zum Zug. Laßt euch nicht stören. Bezahlt habe ich schon an der Schank", ließ Gitte überraschend hören. Ihre Laune schien in das Gegenteil übergeschlagen zu sein. Sie zog die Schultern hoch und zeigte, daß sie die Nase von ihrer Gesellschaft voll habe.
„Herr Hohler, bis spätestens Oktober brauche ich bitte meine Texte . Lesen sie bitte alles und schicken sie mir ihre ehrliche Meinung."
„Aber Gitte! Du bist doch mit uns mit dem Auto gekommen. Warte noch ein bißchen! Wir gehen ohnehin bald", sagte Mander beschwichtigend.
„Nein, ich muß jetzt gehen. Laßt euch nicht stören!"
Sie zupfte aufgekratzt an ihrer Stola herum und schob einige Male mit dem Zeigefinger ihre riesige Brille den

Nasenrücken hoch. Ihre hellrot lackierten Fingernägel spiegelten dabei das Licht der Gartenbeleuchtung wieder.
Hohler betete wieder, daß sich Gitte von Mander nicht in ihrem Entschluß umwerfen lasse. Vor lauter Spannung griff er zu den Zigaretten Margits, um sich eine zu gönnen. Im letzten Moment ertappte er sich bei seinem „faux pas" und riß sich wieder am Riemen. Wenn er zu rauchen begonnen hätte, wäre Gitte sicherlich nicht weggegangen. Es hätte wahrscheinlich von ihrer Seite ein längeres Plädoyer für die Vorteile des Nichtrauchens gedroht. Hohler wäre dann zum geistigen „Scheitelknien" verurteilt gewesen, und Gitte hätte seinen letzten Rest an Ruhe wie eine Spinne weggesaugt.
Im Vorbeigehen griff Gitte ein älterer, betrunkener Mann in einem abgetragenen Trachtenanzug auf den Hintern. Er lachte schäbig, als sie ihm einen bösen Blick zuwarf.
„Gnädige Frau, schaun's ned so bes! Ich geh gerade auf's Pissoir. Dort möchte ich in meiner Einsamkeit an was Schönes denken", lallt er als Antwort mühsam.
Hohler war schon alles egal, da die übrigen Gäste ohnehin schon kapiert hatten, in welche Klappsmühlen-Partie er da geraten war. Er besah sich nun interessiert die Knöpfe des Senioren-Cassanovas, die aus Horn geschnitzte Hirschchen waren.
Gitte reagierte nicht auf die Erklärung des Betrunkenen, sondern machte militärisch kehrt und verschwand. Nun bekam es der Besoffene mit der Angst zu tun, da er annehmen mußte, er sei schuld an Mildners abruptem Abgang. Mit langem Gesicht deutete er fragend auf sich und hob die Schultern an.
„Nein, nein. Sie wollten ohnehin gehen. Sie haben nichts angestellt", stellte nun Mander klar.
Mander erzählte darauf von seinen beruflichen Sorgen, die Hohler erkennen ließen, in welch einschläferndem Trott Mander dahinsiechte.
„Sag einmal, Karl, wie ist das jetzt mit euch beiden? Seid ihr nun verheiratet oder nicht?" fragte Hohler, da er sich an eine gewisse Bemerkung Manders am Telefon erinnerte.
Mander und Frau begannen verschämt zu schmunzeln und griffen unisono zu einer neuen Zigarette. Auch Hohler nützte die Freiheit und rauchte sich eine an.
„Tja, die Geschichte ist so. Wir ließen uns zwar vor 4 Jahren scheiden, leben aber noch immer zusammen. Es ist halt schwer, einen endgültigen Schlußstrich zu ziehen."
So eigenartig die Geschichte auch anmutete, doch Hohler vermochte sich sofort zusammenzureimen, warum Margit

Mander nicht verlassen hatte. Kurz nach der Scheidung, bevor sie Mander endgültig los sein wollte, hätte sie nämlich die Gehirnhautentzündung beinahe ins Grab gebracht. Mander, der sich von Margit nie trennen wollte, pflegte sie aufopfernd, hetzte mit ihr von Arzt zu Arzt, von Klinik zu Klinik und kämpfte verbissen, um Margit optimal zu helfen. Jetzt, da sie wieder einigermaßen gesund war und arbeiten konnte, brachte Margit nicht den brutalen Entschluß übers Herz, ihrem Ex-Ehemann den Rücken zu kehren. Eine „Scheiß-Beziehung" zwischen zwei vom Leben Geprügelten.

Nun saßen sie zu dritt da und glotzten einander blöd an.

Hohler drängte zum Aufbruch, nahm das „Poesie-Kuvert" und erhob sich. Mander begann, nach seinem Schirm zu suchen, den irgendjemand mit dem Sessel, auf dem er gehangen war, verschleppt hatte.

Es war quälend schwül, und Regen war wieder zu erwarten. Kein Stern war zu sehen, der Himmel war bedeckt.

Nach einer schnellen Verabschiedung und der Zusage, beizeiten wieder anzurufen, trollte sich Hohler wie ein angeschlagener Wolf. Ihm war zum Weinen. Langsam spazierte er durch die Gassen des Weinortes nach Hause und ließ sein Auto am Parkplatz stehen. Aus den Heurigen torkelten besoffene Menschen zu ihren Karren. Es war still, als ob die Natur gelähmte wäre. Nur vom riesigen Parkplatz her hörte man ab und zu aufheulende Mopedmotoren.

Männchen und Weibchen Mander fuhren jetzt sicher schon auf der Bundesstraße und würden bald die Tür zu ihrer kleinen Genossenschaftswohnung aufsperren. Margit Mander feilte eine Nacht mehr an dem Entschluß, vom „guten Kerl" Karl abzuhauen.

Hohler setzte sich im Wohnzimmer hin, legte Mingus auf und trank in gierigen Schlucken einen weißen Gspritzten. Three Sides Oft The Shades Of Blues. In seinem Kopf dröhnte der mächtige, dickbäuchige Baß. Mit „Pork Pie Hat" verflog endlich die letzte Chance, den Abend angenehm zu beenden.

Einige Tage später hatte Hohler seinen „netten" Heurigenabend halbwegs verkraftet und begann Gittes Gedichte zu lesen. Hatte er sich beim ersten noch bemüht, alles zu lesen, überflog er die nächsten Elaborate immer flüchtiger, da ihm einfach zu dumm und langweilig war, was Gitte Mildner ihm präpotent zumutete. Am lächerlichsten waren ihre Dialektgedichte, die in ihrer Aussage und sprachlicher Bearbeitung sehr kindlich wirkten. Nach Gittes Meinung war der „einfache Mann" ein primitiver, tölpelhafter Typ, der

sich jedoch mit Bauernschläue durchzusetzen vermochte. Das einzige Prosastück in dem Manuskript gefiel Hohler ganz gut, da Gitte mit einer „hohen Sprache" beschrieb, wie sich ein Mann zu einer Frau umoperieren läßt. Das war ganz nett, wie die „Dichterin" mit ihrer „acht Jahre Gymnasium Sprache" ein derartiges Problem behandelte. Die Motivation hatte sie vermutlich aus der „Krone" bezogen.
Hohler steckte die Texte in ein Kuvert und legte einen kurzen Brief bei, in dem er Gitte Mildner zwei Verlage angab, die bezahlte Bücher publizieren, obwohl sie ihm ausdrücklich erklärt hatte, daß sie nie im Leben ihr Geld dafür herzugeben gedenke. Viele Grüße, Georg Hohler.

4.

Das Kapitel Gitte Mildner war für Hohler abgeschlossen. Schluß, fertig. Er nahm wieder seinen gewohnten Lebensrhythmus auf, um an einem längeren Prosatext weiterzuschreiben. Meist arbeitete Hohler ab 10 Uhr vormittags, und manchmal zwand er sich auch noch am späten Nachmittag, so um 5, an den Schreibtisch. Seine Arbeitsleistung war gering, bald würde er wieder im Taxi durch Wien kurven müssen.
Am Abend saß er bis Mitternacht in Kneipen und Jazzlokalen mit Freunden zusammen. Hohler war beinahe täglich leicht betrunken und spürte, wie er dabei war, seine Kraft zu ersäufen. Die Preise in „seinen Lokalen" waren auch nicht die kleinsten, meist wurde auch noch Eintritt für die Live-Musik kassiert. Nicht selten schnorrte Hohler einen Bekannten um einen Hunderter an, den er am nächsten Tag promptest auf postalischem Weg zurücksandte.
Von früher her hatte Hohler noch einige Literaturzeitungen abonniert, die ihn kaum noch interessierten. Er war jedoch zu „gutmütig", um sie abzustellen, da er wußte, wie bitterlich die betreffenden Redaktionen auf jeden Groschen warteten. Beim Durchblättern des „Federkiels", einem besonders amateurhaften und von Pathos strotzendem Magazin, stieß er zu seiner Überraschung auf ein Bild Gitte Mildners. Seit er sie beim Heurigen gesehen hatte, waren über 6 Monate vergangen. Er hatte ihr Aussehen beinahe schon vergessen und mußte genau schauen, um sich sicher zu sein.
Frisch vom Friseur, mit riesigen Brillen und sehr selbstbewußt dreinblickend, erinnerte sich Hohler sofort an die spezielle Ausstrahlung ihrer Persönlichkeit. Neben dem Bild waren einige Gedichte abgedruckt, von denen Hohler

eines bekannt war. Weiters war in einem kurzen Artikel zu erfahren, daß Frau Mildner, „eine Dichterin, die lange im Verborgenen gewirkt hatte", einen Literaturpreis in der Höhe von S . . . zugesprochen bekam.
Hohler hätte in diesem Moment seine Schreibmaschine am liebsten durch Sonne und Mond geschleudert. Sollte er lachen oder weinen? Nocheinmal las er Gittes Gedichtlein, um zu begreifen, wie man es anstellt, um erfolgreich zu sein.
Zwei Wochen später wurde Hohler wegen Trunkenheit am Steuer der Führerschein abgenommen.
Jetzt fehlte nur noch, daß Karl Mander anrief, um mit ihm ein Treffen zu vereinbaren.
Aber das ist der Blues, denkst du, Mingus ist es besser ergangen!

DIE BIENE MAJA LIEGT AUF DEM RÜCKEN

1.

Robert sitzt ruhig am Fenster, das zum Teich hinunterschaut. Er freut sich schon wieder auf die Badezeit, wenn er von diesem Platz aus die Leute beobachten kann, Schwimmer, Federballspieler, pickelgesichtige Liebespärchen, die mit dem Kopf neben dem Kassettenrecorder liegen und sich Hits von K-Tel ins Ohr plärren lassen. Neben ihnen liegt das „Bravo", der „Rennbahn Express" oder die Papierverpackung der Eiscreme, die nach Dracula oder Raumschiff Enterprise schmeckt. Die Sonne wird wieder blutrot oder Cappy-orange hinterm Wienerwald versinken, und im mild temperierten Lehmwasser des Teiches werden einsame Dauerschwimmer, von Mücken umkreist, ihre Runden ziehen. Meist ältere Männer, die sich konsequent fit halten wollen, mit einer Damenbadehaube und einer ausgezerrten Badehose, die, wenn sie sich bücken, dem Beobachter ungeahnte Sehenswürdigkeiten preisgeben. Am Teichrand werden wieder Kinder Burg um Burg im Sand bauen und lautstark weinen, wenn sie ihre Küberln vertauschen. Vom Schilf her riecht es nach Moder, und zaghaft beginnen in der Dämmerung die Frösche zu quaken. Über der immer leerer werdenden Liegewiese liegt der penetrante Geruch von Sonnenschutzmitteln, von mit Schweiß vermengtem Sonnenöl und ranziger Körpercreme. Die Pärchen beginnen dann zu schmusen und drehen den Recorder bei ihren Lieblingshits lauter. Auf dem Ballspielplatz dribbeln noch einige Männer auf klein-klein ein Bier aus, „wer das nächste Tor schießt, ist Sieger". Bevor es ganz finster wird, starten die Burschen ihre Radaueisen und setzen sich mit ihren Mädchen zum B., einem Cafe, ins Hinterzimmer, wo sie eine Zigarette nach der anderen paffen und Cola mit Rum oder Zitrone trinken. Die Musikbox ruht nie, und zum zwanzigsten Male leiern Boney M. ihren letzten Erfolgssong runter, klirrend und stampfend, monoton und im Unendlichen dieser Diskozeit verklingend. Die Serviererin nimmt sich täglich vor, es diesmal zu keinem Streit mit einem der Jungen in den Lederjacken mit dem Kawasaki- oder BMW-Emblem kommen zu lassen. Sie braucht diesen Job, sonst müßte sie mit dem Bus nach M. fahren. Der B. ist im Dorf die einzige Gelegenheit, wo sie ihren Beruf ausüben kann.

Trinkgeld bekommt sie selten, die Burschen sind alle Lehrlinge und pulvern ihren gesamten Lohn in das Moped. Sie ist jetzt 32 und fühlt sich wie eine Großmutter, wenn sie jugendliche Gäste bei ihren Gesprächen zuhört. Nun ja, ihre Zeit ist schon an die fünfzehn Jahre vorbei.
Robert steht auf, geht zum Plattenspieler und dreht zum zweiten Mal die Ludwig Hirsch LP um, die er vor zwei Wochen zu seinem sechzehnten Geburtstag bekommen hat. Es ist seine einzige Langspielplatte, vorher hat er nur Singles gesammelt, da er auf Hits scharf ist. Ab und zu hat er auch noch eine Kassette erhalten, auch wiederum mit Dauerbrennern. Manche Titeln hat er deshalb doppelt.
Wieder beim Fenster sitzend, zählt er die vorbeifahrenden Autos und wartet dem Aufschnappen des Türschlosses entgegen. Die Wasseroberfläche des Teiches ist dunkelblau, beinahe schwarz und gekräuselt.

2.

Dem Meister war gleich anzumerken, daß es Donnerwetter geben wird, als Robert nach fast zwei Wochen Krankenstand wieder in die Werkstatt trat. Alle anderen Arbeiter der Installationsfirma Leiner saßen schon auf den niedrigen Holzbänken, mit dem Rücken an den mit Sexposters und Ansichtskarten tapezierten Spinden und rauchten noch eine letzte vor dem Arbeitsbeginn. Der Chef, Leiner jun., mitten unter ihnen, Robert hätte ihn beinahe übersehen. Er hatte die gleiche blaue Kluft wie alle anderen Kollegen auch, nur war sie weniger schmutzig und in der Brusttasche steckten stets irgendwelche Zetteln.
„Unser Krankensessel, da schau her!“ sagte der Chef. Noch bevor Robert hätte grüßen können, stand Leiner auf und drängte ihn in sein Büro.
„Burli, das reicht. Ich brauche Arbeitskräfte und keine Tachinierer. Du kannst dir eine neue Hacke suchen. Adios! Hol dir von meiner Frau deine Papiere. Deinen Restlohn schick ich dir per Post. Mir tut jetzt schon dein neuer Lehrherr leid. Aber bei dem wird es dir auch nicht besser ergehen, wenn du so am Strick hängst wie bei mir. Vor ein paar Tagen erhielt ich ja auch einen informativen Brief aus der Berufsschule. Du bist dort nur durch freche Bemerkungen aufgefallen und warst, wie gewohnt, tageweise unauffindbar. Baba, und foi ned! Deinen Vater werde ich heute noch in seiner Firma telefonisch verständigen.“
Robert verzichtete darauf, sein Arbeitsgewand und eine

Thermosflasche aus dem Spind zu hohlen. Er dachte: „Nichts wie raus“, und stand dann lang an der Straßenecke, um zu überlegen was er tun sollte.
Beim B. bestellte er einmal ein Cola und Hobby. Es stank nach kaltem Rauch, und der grantige B. selbst bediente. Die Juke Box war noch ausgeschaltet, die Aschenbecher waren alle leer. Die Fenster standen offen. Robert nippte fröstelnd an dem gewässerten Cola und zog hastig an der Zigarette, die ihm zu leicht war. Zu Hause klaute er den Eltern Marlboro und andere starke Sorten, die sie von einem Bekannten, der bei einer Fluggesellschaft arbeitet, erhielten. Der B. lümmelte an der Theke, las die „Krone“ und trank seinen eigenen scheulichen Kaffee, der im ganzen Dorf verschrien war. Kaffee trank man bekanntlich beim B. nur einmal in seinem Leben.
Robert wurde bewußt, daß ihm der Rausschmiß völlig egal war. Genauso egal war ihm, als er in der zweiten „Haupt“ in den Zweiten Klassenzug versetzt wurde. Genauso egal war ihm, als er das „Poly“ mit einigen Fünfern abschloß. Resignation und Gleichmütigkeit saßen tief in ihm. Auch die zu erwartende Moralpredigt seiner Eltern war ihm wurscht. Er wird sie an sich vorbeifließen lassen wie die Werbung um acht, die er, soweit er sich zurückerinnern kann, hören muß, da der Fernseher täglich eingeschaltet ist.
In der Schule war Robert immer der erste gewesen, der irgendwelche neuartigen Dinge, ob Schallplatten, Malstifte, Jeans, Getränke oder Süßigkeiten, stolz sein Eigentum nennen konnte. Er hatte alles sofort auf Wunsch bekommen und nur immer versprechen müssen, sich zu bessern oder mehr zu strebern. Aber dann war er wieder nur den ganzen Nachmittag, nachdem er sein Essen gewärmt und verdrückt hatte, herumgesessen, hatten Platten gespielt oder ferngeschaut. Wenn das Messeprogramm lief, hatte er sich nicht einmal die Zeit genommen, die Schultasche aus dem Vorin das Kinderzimmer zu tragen. Oft schwänzte er und blieb einfach zu Hause, da die Eltern ohnehin früher als er das Haus verließen, um in Wien ihre Arbeitsstelle aufzusuchen.

3.

Seit Wochen saß Robert nun zu Hause herum, rauchte, ließ ununterbrochen den Kassettenrecorder laufen und stopfte Süßigkeiten in sich hinein. Am Abend fuhr er manchmal mit Freunden am Moped mit, um dann bis Mitternacht unter Betrunkenen Witze über seine Arbeitslosigkeit zu reißen.

Beim Nachhausefahren war es kalt, und Robert trank oft noch Tee, um sich zu erwärmen. In seinem Zimmer lagen hie und da angestrichene Stellenangebote, die ihn zu Initiativen treiben sollten.
Vor einigen Tagen war Robert nur aus Langeweile nach Wien gefahren und im ersten Bezirk umherspaziert. In einem englischen Pub trank er dann ein Bier, das furchtbar bitter schmeckte. Neben ihm saßen einige ältere Frauen mit kleinen, winselnden Hunden. Sie hatten durchwegs Kaffee vor sich stehen und blätterten in riesigen Zeitungen.
Wieder auf der Straße wußte Robert nicht mehr, warum er überhaupt hier war. Am liebsten hätte er sich auf der Stelle niedergelegt und die Augen geschlossen. „Für immer müßte es finster werden. Kein Teich, keine „Bim“, kein neuer affiger Meister, kein Fernseher, alles müßte hinter dieser schwarzen Wand verschwinden. Ich kann nicht sagen, daß ich mich schlecht fühlen würde, weil ich ja weiß, daß alles weitergeht. Es gibt kein Ende. Immer wieder öffnet sich eine Tür. Die Eltern sind bereit, mir wieder einen Schubs zu geben. Sie sind froh, daß es wenigstens so mit mir steht, wo doch die Lehrer schon gewarnt haben, daß ich aus purer Faulheit zum Verbrecher tendiere.“
Beim Künstlerhaus sah Robert ein Plakat, auf dem etwas von Arbeitswelt und Literatur stand. Er fühlte sich eigentlich nicht angesprochen, konnte sich gar nicht konkret vorstellen, was hier gemeint war und ging doch in das ehrwürdige Gebäude, weil er einige langhaarige Jugendliche darin verschwinden gesehen hatte. In einem Saal las gerade ein Vollbärtiger von Erlebnissen eines Menschen, der täglich am Fließband steht. Robert hörte eine Weile interessiert zu und ihm wurde bewußt, wie beschissen die Situation an einer Arbeitsstelle sein kann, wie teuer sich ein Mensch sein Leben erkaufen muß. Er bekam richtige Angst bei dem Gedanken ebenfalls bald in eine Fabrik gehen zu müssen. Als die Lesung endete, klatschte auch Robert zaghaft und fragte einen struppigen Burschen neben ihm, wie denn der Typ da vorne heiße. Der geantwortete Name kam ihm aus der Schulzeit bekannt vor.
Als er das Künstlerhaus verließ, um die nächste Schnellbahn zu erreichen, wehte starker Wind, und eine Cola Dose schepperte über das Trottoir.

4.

Die Wohnung ist eine warme, mit hunderten Gegenständen vollgerammelte Höhle. Die Familie Roberts besitzt alles, was nur denkbar ist. Eine Menge elektrischer Küchengeräte, viele preisgünstige Angebote irgendwelcher Büchergilden, modernste Kleidung, dutzende Schnapsarten in der Hausbar, verschiedene Arten von Radios, Kassettenrecordern und einen beeindruckenden Stereoturm. Sonntagvormittag legt Roberts Vater manchmal eine Platte mit Wienerliedern oder von Rudolf Schock auf, die er, auf der Couch liegend, bei einer Falsche Gösser genießt. Vater trinkt nur dieses spezielle Bier, „denn das ist das beste". Wenn er irgendwo kein Gösser bekommt, meckert er über diesen Mangel und betont, wie gut seine Sorte mundet. Dazu raucht er englische oder amerikanische Zigaretten. Die Mutter kocht in der Küche, und Robert schläft bis zum Mittagessen oder liest „Hefteln", jetzt eigentlich nur mehr „Asterix".
Unter der Woche ist die Wohnung kalt und leer. Die Bilder hängen schief an der Wand. Das Tagesblatt des Kalenders ist nicht abgerissen. Der Teppich wirft Falten. Der Vorhang und die Jalousien sind stets geschlossen, in der Küche riecht es nach dem unabgewaschenen Frühstücksgeschirr. Auf dem Küchentisch liegt ein halbes Stück Gugelhupf und eine Menge Krümmel. Der Mistsack ist gestopft voll, man stolpert im Vorzimmer über herumliegende Schuhe. Über den Sessellehnen hängen Kleidungsstücke. Der Radiosender ist ungenau eingestellt, neben der Stereoanlage liegt ohne Hülle eine verstaubte Peter Alexander Platte. Die Betten sind ungemacht, im Schlafzimmer stinkt es nach Mensch.

Die Biene Maja, die ihren Platz auf dem Fernseher hat, liegt auf dem Rücken. Auf den Schulheften Roberts, die verstreut den Schreibtisch überdecken, stehen einige leere Dosen Mezzo Mix, das ist das neueste Getränk. Die Hausschlapfen der Eltern sind unter dem Wohnzimmertisch zu finden. Auf dem Nachkästchen des Vaters liegt die „Krone" vom Vortag mit der Seite 5 aufgeschlagen. Und da mitten drin lebt Robert. Auch früher, also vom siebenten bis zum fünfzehnten Lebensjahr, war er hier allein. Wenn er von der Schule heimkam, wärmte er sich das Essen, das die Mutter in einem Menagereindel vorbereitet hatte: Reisfleisch, Gemüsesuppe oder Fleischlaibchen. Als er noch kleiner gewesen war, hatte ihn manchmal die Nachbarin kontrolliert, ob er ohnehin aß oder an den Schulaufgaben arbeitete. Robert öffnete dann einfach einmal nicht mehr das Vorhängeschloß, worauf sie

sich furchtbar ärgerte und „mit dem frechen Bangert nichts mehr zu tun haben wollte".
Am Abend kommen dann mit dem Auto die Eltern aus Wien und essen beim laufenden Fernsehgerät Brote oder eine Eierspeis. In der Wohnung riecht es bald nach Zigarettenrauch und dem Essen, das die Mutter für den nächsten Tag in der Küche für Robert kocht.

5.

Die Einsamkeit machte Robert immer müder. In seinen Schulleistungen war ein erstaunlicher Leistungsabfall festzustellen. Die Lehrer und die Eltern hielten ihm „zum Himmel stinkende Faulheit" vor. Beim Fußballclub warf man ihn hinaus, da er mit einem Schwips zum Training gekommen war und nur Blödsinn angestellt hatte. Vaters Hausbar bot sich Robert gerne nach dem einsamen Mittagessen bei Ö3 an. Damit die Eltern nichts von seinen Genüssen an einem benützten Glas bemerken würden, trank er nur aus der Flasche. Leicht rauschig lag er dann auf dem Bett und hörte Suzie Quatro. Wenn das Telefon schrillte, hob er gar nicht ab. Er hatte keine Lust Mutters Fragen zu beantworten: „Hast du schon gegessen? Machst du schon die Hausübungen?"
Im Sommer verbrachte er den Nachmittag am Teich und pflanzte mit den anderen Buben Mädchen. Hinter einem Gebüsch und unter einer Decke hatte er auch letztes Jahr zum ersten Male gefickt. Alles war ganz leicht gegangen, und nachher hatte Robert bei dem Gedanken an das Getue lachen müssen. Es war abeglaufen wie in den Filmen, die er im Kino gesehen hatte, ohne Schwierigkeiten. Später rauchte er sogar lässig eine mit dem Mädchen, das sich fröstelnd an ihn geschmiegt und leise vom Abhauen geredet hatte. Die Zigarettenglut war wie eine beleuchtete Rakete lautlos durch die Finsternis gestochen. Unter dem Gezirp der Insekten und dem Gequake der Frösche versteckte sich die übrige Welt im nirgendwo. Übrig blieb ein lehmiger Teich, gesäumt von feuchtem Gras und rollenden Kieselsteinen, einer verrostenden Coladose und einem vergessenen Bikini-Oberteil, der aufgespießt an einem frisch gepflanzten Mandelbaum hing.

6.

Im Postfach lag eine Zeitung mit dem Titel „Die Umwelt". Da Robert lanweilig zumute war, blätterte er darin. Auf der Umschlagseite waren vier Jugendliche zu sehen, die von einem Polizisten in Schach gehalten wurden. Im dazugehörenden Text wurden die Burschen als verkommen, blaß, ungepflegt, verwildert, verlebt, seelenlos, haßerfüllt und verstört vorgestellt. Robert wunderte sich warum, denn die meisten seiner Freunde pflegten sich im Äußeren ähnlich zu geben. Weiters wurde über die Gottlosigkeit der heutigen Zeit gejammert, Künstler wurden lächerlich gemacht und Gedichte von Hausfrauen waren abgedruckt, die sich gegen die Fristenlösung engagierten. Robert nahm einen dicken Filzstift und beschmierte einige Seiten, da ihm diese Aussagen unsympathisch waren.
Am Abend, als er schon im Bett lag, hörte er, wie der Vater nach „Was bin ich?" seine Meinung zu dem Blatt der Mutter wissen ließ. Diese war voller Lob und Anerkennung, und er wunderte sich, vorher nie von dieser Zeitung gehört zu haben. „Schade, daß der blöde Bub Seiten beschmiert hat", bedauerte er.

7.

Robert sitzt wieder beim Fenster seines Zimmers. Er ist seit vier Monaten arbeitslos, der Sommer ist im Abklingen. Wolken wandern über einen uneinheitlich grauen Himmel. Draußen riecht es nach nassem Staub, im Zimmer nach zu lang getragener Kleidung. Auf dem Sessel liegen Socken, die Robert schon in der letzten Woche abgelegt hat, auf dem Plattenspieler dreht sich die neueste Single der Gibson Brothers, das Bett ist ungemacht, auf der Tuchent liegt ein bei den schönen Mädchenfotos aufgeschlagenes „Hit". Die Eltern sind seit eineinhalb Wochen am Plattensee. Auf dem Küchentisch liegt neben dem Salzstreuer eine Ansichtskarte, die nichts aussagt. Sie liegt einfach unbeachtet da, mit ihrem retouchierten, kitschigen Bild und ihren dummen Ansichtskartensätzen: „Sind gut angekommen. Essen ist gut. Wetter schön. Wie geht es dir?"
Robert kann sich selber nicht mehr leiden, er fühlt sich wie klebriger Kaugummi, wie ein Radiergummi, den man auf eine Herdplatte legt. Er sitzt seit Tagen vor dem Fernseher, frißt Naschereien in sich hinein und sauft Bier aus der Dose, das er sich nach Bedarf aus dem „Adeg" holt. Dosenbier des-

halb weil es viel lässiger beim Trinken wirkt. Täglich scheppern 5 bis 6 leere Dosen mehr im großen Abfalleimer, der unter der Abwäsche steht.
Das Fernsehprogramm ist so mies wie Roberts Stimmung, die an jedem Morgen schlechter wird.

8.

Morgen wird Robert als Beifahrer bei einer Gartengerätefirma zu arbeiten beginnen. Natürlich ist das nur eine Übergangslösung, bevor er sicher weiß, welche Lehre er beginnen will. Er wird von den Eltern zur Arbeitsstelle schoffiert werden und ein neues Leben beginnen.
Niemand beim B. wußte, daß Robert zehn Captagon geschluckt hatte. Er warf Schilling um Schilling in die Box und trank ein Spezial Bier nach dem anderen. Wenn man ihn anredete, gab er keine Antwort.

HÄUSELBAUER

1.

Neubauer träumt:
Ich bin unbekannt. Mein Körper ist auf der Straße einer unter vielen. Mein Geist bleibt im gegebenen Rahmen. Die Menschen treffen mich mit ihren Augen. Über mir sind nur der Himmel und die Baumkronen. Ich habe keine Ansprache, das heißt, mich spricht niemand an. Ich will in Ruhe meinen Weg gehen, den ich genau kenne. Ich bin ein Mensch unter vielen. Meine geistigen Strömungen finden HIER keinen Widerhall. Ich bin nichts Besseres, aber ich bin allein. Mein Grübeln ist Unsinn. Meine Gedanken sind Unsinn. Ich weiß alles und nichts. Mein Körper ist unempfindlich gegen Schmerzen jeglicher Art. Ein gebranntes Kind scheut das Feuer. Alkohol macht mich zum Tier, das an Schlafstörungen leidet. Ich habe Angst vor Berührungen durch Hände und hasse meine Widersprüche. Meine Kontakte zur Außenwelt sind beschränkt. Ich will niemanden sehen. Meine Welt ist zerbrechlich. Ich bin ein Kiesel im Rinnsal dieser Straße, dieser Stadt. Am Steuer meines Autos bin ich ein Raser; so fühle ich mich stark. Die Kleinlichkeit anderer treibt mich auf die Palme. Mein Name ist, so wurde mir eingelernt, FRITZ NEUBAUER.

2.

Am Stadtrand von Wien baut Neubauer ein Haus. Er läßt die Arbeit jedoch aus finanziellen Gründen nicht von einem Baumeister, sondern von einer Partie jugoslawischer Pfuscher verrichten. Zoran ist der Verantwortliche unter den Fremdarbeitern, die jede freie Minute nützen. Neubauer zahlt den verlangten Preis, ein Jugendfreund und Baumeister gab ihm die Bautafel und schaut ab und zu vorbei, ob alles klappt. Zoran und die anderen vier Jugoslawen arbeiten in ihrer legitimen Arbeitszeit eben bei diesem Baumeister.
Am Abend gießt Neubauer das hinter dem Rohbau angepflanzte Gemüse. Er überprüft jeden Tag, wie weit sich die Pflänzchen schon aus der Erde gebohrt haben. Zoran versteckte Neubauer einmal die gelbe Gießkanne, worauf ihm Neubauer die Kündigung androhte. Neubauer erinnert sich beim Gießen an seine Kindheit, an eine Tante, die in der

Hütteldorfer Straße einen Garten besaß, an Bücher, in denen Zwerge, die kleiner als Tomaten waren, über ihre Zwistigkeiten mit einer Feldmaus sprachen, an einen Film, den er jährlich in der Volksschule gezeigt bekommen hatte und dessen Hauptdarsteller Igeln gewesen waren.
Neubauer bildet sich ein, das Gute im Menschen zu erkennen. Er fühlt sich imstande, über jemanden nach kurzer Zeit ein Urteil zu fällen. Er sagt, er hätte sich im Charakter eines anderen noch nie getäuscht.

3.

Neubauer arbeitet seit 20 Jahren in einer Eisenhandlung als Verkäufer. Er kennt jede Schraube wie ein Zahnarzt die Zähne seiner Patienten. Er ist zu den Kunden reserviert höflich und mißmutig, wenn er Frauen bedienen muß, da diese nie detaillierte Angaben über ihre Wünsche wissen. Zu den Kollegen hat Neubauer kaum Kontakt, er redet mit ihnen höchstens über Fußball. Ein beliebter und altbekannter Gag von ihm ist, daß er dem Anhänger einer Mannschaft, die ein Match verlor, eine Riesenschraube in den Spind legt. Man quittiert den Spaß mit gepreßtem Lachen. Neubauer hat die Angewohnheit, in jedem freien Augenblick vor den Spiegel zu treten und mit einem kleinen, grünen Plastikkamm den Scheitel nachzuziehen. Seit er ein Haus baut, trägt er auch einen ansehlichen Vollbart, den er sich gerne vor den Bohrmaschinen, Rechen und Winkeleisen krault. Auch Eisen riecht.

4.

Hinter dem Haus Neubauers, im Garten, steht eine kleine Werkzeughütte mit einem verrosteten Ofenrohr als Rauchfang. Da es noch kein Klo gibt, pinkeln Neubauer und die Arbeiter hinter diese Hütte. Als sich die Schwiegermutter des Nachbarn deswegen einmal bei ihm beschwerte, schrie er sie an und meinte, daß er auf seinem Grund und Boden Herr und Gott ist.

5.

Neubauer hat wenig Freunde. Er hat keine Zeit, um enge Beziehungen zu pflegen. Er ist 35 Jahre ohne Freund ausgekommen und wird es auch noch die nächste Zeit schaffen. Doch hat er sich vorgenommen, wenn sein Heim bezugsfertig ist, über ein Eheanbahnungsinstitut zu versuchen, zu einer Frau zu kommen. Er stellt sich das leicht vor, da er ja mit Besitz attraktiv genug ist, um seinen Wunsch erfüllt sehen zu können. Einige Male hatte er sich auch jetzt schon mit Damen getroffen, die meist keine Damen für ihn waren und deren Adresse er für viel Geld in die Hände bekommen hatte. Es hatte nie geklappt, da die meisten Frauen Neubauer schon vom Aussehen her nicht gefielen. Als Hobby gibt er im Steckbrief Kochen und Wandern an. Beide Interessen sind fiktiv. Neubauer ißt meist in Wirtshäusern, und wenn zu Hause, dann kalt, oder er wärmt sich eine Dose.

6.

Einer der Nachbarn Neubauers liegt mit seiner Frau, falls es warm und sonnig ist, regelmäßig auf einer aufgeschütteten Terrasse. Die beiden beobachten dann aus Langeweile jeden Handgriff Neubauers. Die Frau ist stets im Bikini und cremt andauernd ihren Körper ein. Ihr Mann streicht sich mit der Hand auffallend oft über die Vollglatze und pfeift dabei Märsche. Neubauer fühlt sich oft provoziert und empfindet die Anwesenheit des Ehepaares als Störung. Ebenso fiel ihm auf, daß ein ca. fünfzehnjähriges Mädchen ihn mit einem Fernrohr aus einem Fenster beobachtet.

7.

Herr Neubauer ist ein Mann mit Ziel. Er träumt von Hölle und Himmel. Er bekennt sich zu einem gemäßigten Berufsoptimismus. Seine Gedanken tragen keine Flügel und sind gerade deswegen klipp und klar. Seinen Schmerz verschluckt er wie einen Kirschkern, er liegt jetzt ganz tief in ihm, in seinem Körper. Herr Neubauer plagt sich gerne und zählt nach dem Wochenende mißtrauisch die Zementsäcke. Er traut niemandem recht über den Weg und weiß auch Gründe dafür. Sein Leben ist ein Raster mit harten Ecken. Jeder ist sich selbst der nächste.

ZWISCHENSTATION

1.

Ich bin ein kleiner, namenloser Blender. Ein Träumer, der froh ist , in Frieden gelassen zu werden. Durchschnitt. Ich drifte ab, wo andere unbeirrt weiterschwimmen.
Es war einer der ersten warmen Samstage im Mai. Meine Frau hatte mich von der Arbeit abgeholt, da sie in der Kleinstadt M. Besorgungen gemacht hatte. Gemeinsam standen wir nun am Bahnsteig und warteten auf unseren Zug in unseren Wohnort. Die Schüler lärmten, rauchten angeberisch teure Zigaretten und bewarfen sich mit den Schultaschen. Ich stand da wie ein begossener Pudel, mir selber fremd und von der Arbeit zerhackt. Meiner Frau verging bald die Lust, mit mir ein vernünftiges Gespräch zu beginnen. Sie saß auf einer Bank, summte ein Lied und kümmerte sich nicht mehr um mich. Von den Plakatwänden schrien gepflegte Menschen, zum Kotzen bunt und unnahbar. Ganz leicht wehte ein kühler Wind, der erinnerte, daß der Winter noch nicht verschwunden war.
Denken Sie nicht, ich sei immer in einer so miesen Laune. Aber wie stellen Sie sich einen Menschen vor, der lieber in Griechenland auf einem Surfboard dahingleiten will, anstatt nach einem nervigem Arbeitstag mit einem schäbigen Aktenkoffer auf einen schmierigen Bummelzug zu warten. Ich hasse nichts mehr als Pflichten, die mir mein Leben sauer machen.
Im gegenüberliegenden Bahnhofsbuffet war Hochbetrieb, denn die Arbeiter tranken sich den ersten der drei Wochenendräusche an. Was heißt Arbeiter! Ein junger Kollege im Amt besäuft sich regelmäßig am Samstag, um sich – wie er sagt – zu entspannen, da er von der Arbeit ziemlich geschafft sei.
Ich bin auch ziemlich geschafft mit meinen 30 Jahren. Ist das alt oder jung, soll ich mich freuen, daß ich Chancen habe, noch lange zu leben?
Lassen Sie sich nicht verleiten zu schließen, ich sei anders als IRGENDWER. Ich bin genauso sensibel oder hart im Nehmen wie Herr X oder Frau Y. Ich tappe im Dunkeln wie sie.
Meine Frau unterbrach meine Gedanken, da sie mich leicht in die Seite stieß und raunte: „Schau, das ist der Bruder vom Karli K."
Vor mir stand ein fetter Zwanzigjähriger, der auf mich einen

unsympathischen, lächerlichen Eindruck machte. Feist und x-beinig stand er da, in neuen Hush Puppies und kam vor lauter flauem Gefühl im Magen ins Schwitzen. Bewußt trug er die Hemdärmel aufgekrempelt, da er an den Oberarmen Tätowierungen mit infantilen Motiven zur Schau stellen wollte. Um seinen fleischigen Hamsterkragen war ihm nicht gelungen, das Hemd zu schließen. Er glotzte so gelangweilt wie ich vorhin die aufgekratzten Schülerhorden an, rauchte hastig und konnte sich nicht entschließen, über welche Schulter geworfen er sein Sakko tragen sollte.
„Aha, das ist also der Bruder vom Karli K."
Die Geschichte beginnt in meiner Volksschulzeit. Karli K. war in meiner Klasse. Zwei Erinnerungen sind untrennbar mit ihm verbunden. Einmal, daß er beinahe jeden Samstag dem Unterricht fernblieb, und zum zweiten, daß seine Lieblingsfarbe Violett war. Bei jeder Gelegenheit griff er zum violetten Buntstift und verwendete diese Farbe opulent auf seinen Zeichnungen. Warum er regelmäßig am Samstag in der Schule fehlte, konnte ich mir als Kind nur damit erklären, daß seine Eltern ihn aus irgenwelchen Gründen bei sich haben wollten.
Die K.'s waren eine der im Dorf verschrienen Familien, die noch außerhalb der Ortschaft in den häßlichen und desolaten Bauten am Ziegelteich wohnten. Wenn ich als Kind in der Sommerzeit zum Teich baden ging, machte ich fürsorglich einen Bogen um die „Ziegelofenhäuser". „Da drinnen haust nur Gesindel", sagten die Leute im Dorf, die jedweden Kontakt mit besagten Menschen mieden.
Karli K. sollte also einer von diesem Gesindel sein, ein Nachwuchsganove, dessen Gesellschaft einem nur Schaden einbrachte. Ich fand ihn sehr nett.
Ich lungere vor dem Kino rum. Es ist heiß, ich bin 13, will nackte Mädchen und Schlägereien wenigstens im Film sehen. In der Klasse im Gymnasium, in die ich gar nicht so recht passe, reden sie immer davon, weiß Gott wie „arge Filme" gesehen zu haben. Heimlich steige ich um 6 Uhr abends auf mein rotes, verwahrlostes Rad und fahre zum Kino, in dem es um halb sieben einen tollen Krimi gibt. Ich habe wahnsinnige Angst, daß mich die Gendarmen nicht in den Saal lassen, daß sich die Kartenverkäuferin, eine alte Dame mit „Knödelzopf", weigert, mir dieses schmale Eintrittsbillet zu verkaufen, das mir so viel Genuß, Spannung und einen Hauch der weiten Welt versprechen würde.
Zwei Dutzend Halbwüchsige stehen herum, reißen vor den angeschlagenen Szenenbildern der kommenden Filme das Maul auf, verziehen beim Kaugummikauen auffällig den

Mund und prahlen, welch großartigen Filme, die ab 16 Jahren zugelassen sind, sie schon gesehen hätten. Ich stehe allein und schüchtern da, bestaune die bunten Plakate mit den Gladiatoren und Stalingrad-Kämpfern, die einen sofort in Abenteuer, Kampf und Sensation verwickeln. Und ich möchte dabei sein, schleiche um die Kasse herum und lege mir eine Taktik zurecht, damit ich den Film sehen werde. Ich beschließe, bis knapp vor Beginn des Filmes zu warten, um nicht, falls Gendarmen Kontrollen machen sollten, das Geld für die Karte umsonst bezahlt zu haben.
Ich stelle durch die geöffnete Saaltür fest, daß die Werbung zu Ende ist und demnächst der Krimi beginnen wird. Mir ist unheimlich heiß, und ich fürchte, vor Angst und Spannung in die Hose zu pinkeln. Doch nicht nur mir geht es so, auch Karli K., den ich schon Jahre nicht mehr gesehen habe, steht neben mir, wirkt ziemlich gelassen und abgebrüht und wartet auf seine Chance. Karli ist wie immer nett und bringt einen guten Schmäh. Wir verstehen uns auf Anhieb so gut wie zu Volksschulzeiten. In seiner Begleitung ist jedoch Hidos, der um wenige Jahre jünger ist. Ein Zigeuner, der absolut abgelehnt wird und deshalb seine Mitmenschen ununterbrochen belästigt. Sein Vater verkauft auf Märkten und Kirtagen Kinderspielzeug.

Alle Zigeunerfamilien, das sind drei oder vier, werden im Dorf von den Bewohnern abgelehnt. Die Zigeuner sind reich, wohnen in schönen Häusern, fahren in teuren Autos und schachern mit Antiquitäten oder – wie Hidos – bereisen als Marktfahrer Kirtage mit ihren Buden. Die vielen Kinder der genannten Familien versitzen ihre Zeit umsonst in der Schule. Sie lernen nichts, und es wird ihnen nichts gelehrt. Sie nehmen am Unterricht kaum teil, stören und sind beinahe täglich unter den Hierbleibern. Ich war in der Volksschule auch oft unter den Nachsitzern, daher kenne ich Hidos und seine Verwandten gut.
Hidos läuft vor dem Saaleingang umher und belästigt ältere Mädchen, die Popcorn aus einer großen Tüte essen. Er muß überall unangenehm auffallen und sich sofort unsympathisch darstellen. Karli lachte über seinen Begleiter, und ich lache auch mit, um ihm zu zeigen, daß ich vor Hidos keine Angst habe.
Als Hidos kurz bei uns steht, rempelt ihn Karli am Kartenabreißer vorbei in den Kinosaal. Im ersten Moment ist Hidos erschrocken, dann fängt er sich aber, weist seine Karte nachträglich vor und marschiert zu seinem Sitzplatz. „Kommt, ihr Feiglinge!“ ruft er noch über die Schulter,

bevor er sich setzt und sofort frech auf seinen Nachbarn einzureden beginnt.
Plötzlich steht ein mächtiger Gendarm neben mir. Ich mache kehrt und laufe ins Freie zu meinem Rad. Mit Herzklopfen verschwinde ich, um ja dem Beamten nicht mehr unter die Augen zu kommen.
Eben sagte der Fahrdienstleiter mit dem „L-Roller" durch, daß unser Zug 10 Minuten Verspätung hat. Karli K.s Bruder rauchte sich sofort wieder eine Zigarette an und begann zu schwitzen. „Er hat Augen und Backen wir ein Hamster", dachte ich mir und beobachtete zwei Schüler, die sich mit Cola aus geschüttelten Dosen bespritzten.
Ich wußte damals nicht, daß ich Hidos und Karli nie wieder sehen würde.
Karli war knapp sechzehn vorbei, als er in einer Nacht von Samstag auf Sonntag von einer Diskothek in T. heimfuhr. Ein betrunkener Autofahrer, der sich in derselben Disko vollaufen lassen hatte, sah Karli zu spät, da die Rückleuchte des Mopeds kaputt war. Karli war sofort tot.
Hidos ging mit 20 für Jahre in den Knast, nachdem er Einbrüche, schwere Körperverletzungen und andere Lappalien auf sein Konto gebucht hatte. Niemand wunderte sich echt über Hidos Schicksal, da auch die Mehrzahl seiner Verwandten die Kriminellenlaufbahn eingeschlagen hatte.
Die Familie K. lebt immer schon in den Ziegelofenhäusern, die für zugewanderte Böhmen erbaut worden sind. Der Vater schuftet am Bau und betrinkt sich nach der Arbeit in den nächstgelegenen Wirtshäusern. Er weiß in seinem Rausch nicht mehr, was er tut. Am Wochenende sitzt er manchmal am Teich und fischt. Er redet kein Wort und starrt nur auf das Wasser. Ab und zu hat er einen seiner fünf Buben bei sich, die vollkommen still bleiben müssen, sonst schickt er sie weg. Die Mutter trinkt Rum und schläft sich lieber ihren Rausch aus, anstatt ihre sieben Kinder zu versorgen. Es ist ihr gar nicht so unrecht, daß oft die Fürsorge vorbeikommt und eines der Kleinen in ein Pflegeheim einweist, da es vollkommen verwahrlost aufgefunden wurde. Immer wieder wird Frau und Herrn K. von der Beamtin zugeredet, sich doch keine Kinder mehr anzuschaffen, da sie zu wenig Pflege bekämen. Kurze Zeit später hockt Frau K. wieder mit dickem Bauch in der Küche vor dem Fernsehgerät und schlürft ihren Rum mit Tee. Die Kinder spielen am Teich, indem sie Flaschen ins Wasser werfen und versuchen, sie mit Steinen zu zerschießen. Vater K. kam letzte Nacht gar nicht heim. Wahrscheinlich war er zu betrunken, um seinen Weg zu finden.

Ich spürte alle diese Hintergründe, wenn ich in die schönen, großen, haselnußbraunen Augen des Karli K. blickte. Jetzt ist er tot. Er hatte nie die Chance bekommen abzuhauen, um ein besseres Leben zu beginnen.
Eine ältere Nachbarin verständigte vor etwa 20 Jahren im Ort die Fürsorgebeamtin, da das Baby der K. ununterbrochen weinte.
Es war der besoffenen Mutter beim Wickeln vom Tisch gefallen und brüllte seitdem verletzt vor Schmerzen. Der Knabe wurde sofort in ein Krankenhaus und später in ein Pflegeheim gebracht. Mutter K. wußte nicht einmal, wo das Kind hingebracht worden war und hatte nie im Sinn, es zu besuchen. Sie vergaß dieses Kind mit viel Rum, Fernsehen und Streit mit ihrem Alten, dem das Nachhausegehen zuwider war.
„Das ist also der Bruder von Karli K.", sagte ich zu meiner Frau, bevor wir in den Zug stiegen. Ich drängte mich durch eine Menge von unfreundlich dreinblickenden Menschen zu einem Fenster, um niemanden sehen zu müssen. Ich wollte allein sein und nachdenken.
Grundwehrdiener K. fällt immer wieder unangenehm auf, da er besoffen in den Gasthäusern vor der Kaserne rauft, den Zapfenstreich einige Male versäumt und beim Wachdienst mehrmals schlafend erwischt wird. Im Wirtshaus erzählt er nach zwölf Bier sein Leben, das sich bis jetzt nur in Erziehungsheimen und Gefängniszellen abgespielt hat. Dabei krempelt er ungeschickt die Hemdärmel hoch, um seine Tätowierungen sehen zu lassen. Die Vorgesetzten hunzen K. gerne beim Gefechtsdienst, da sie ihm seine Disziplinlosigkeit gerne heimzahlen wollen. Spaß macht ihnen auch, daß K. sehr wohlgenährt ist und daher bald wie ein Dampfroß zu schnaufen und schwitzen beginnt.
Vor dem angetretenen Zug wird K. vom Spieß betoniert, da er am vortägigen Nachmittag betrunken zum Dienst erschienen ist. Die übrigen Soldaten stehen stumm „Ruht" und sind froh, daß die Zeit vergeht.
„Ihre Eltern tun mir leid, daß sie so ein Gfrast großgezogen haben", brüllt der Spieß im unverkennbar steirischen Dialekt.
„Die brauchen Ihnen nicht leid zu tun. Ich habe nämlich keine Eltern", schnauzt K. zurück, und der Vorgesetzte beginnt sich wieder mit seinen Listen zu beschäftigen, als ob es keine Antwort gegeben hätte.

Meine Gedanken werden gestört, da mir ein Schüler in der Drängerei ein Ende seines langen Lineals in die Hüfte

preßt. Ich schiebe es vorsichtig weg, ohne mich umzudrehen.
„Wie grenzenlos muß die Einsamkeit und Verlassenheit eines Menschen sein, der sein Leben lang nur herumgereicht wurde. Der nie Liebe, Zuneigung oder Vertrautheit spüren durfte."
„Kommen's rein!" fordert der Kompaniekommandant den Grundwehrdiener K. auf. „Für Sie ist jemand da."
K. trat in das Zimmer wie ein Hund mit schlechtem Gewissen, der seine verdienten Prügel erwartet. „Hat der Oberleutnant vielleicht erfahren, daß ich gestern im Gasthaus im Rausch wieder gerauft habe?"
Auf einem Sessel neben dem Schreibtisch saß Koiner, ein Beamter des Sozialamtes, der K. immer wieder wie einer kranken Kuh zugeredet hatte, ein neues Leben zu beginnen, wenn er wieder etwas ausgefressen hatte. Koiner war K. richtig lästig gefallen, denn kaum stand er vor der Entlassung aus dem Gefängnis, war dieser Siebengescheite dahergekommen.
„Es ist mein Beruf und meine Berufung, dich auf bessere Wege zu führen", hatte er dann gesagt. Dabei roch Koiner ganz leicht nach Wein, den er vielleicht beim Mittagstisch getrunken hatte. K. verlor bei diesem Geruch beinahe die Nerven, so sehnte er sich nach Alkohol. Manche Häftlinge, die schon länger saßen, verkauften ab und zu Schnaps an die anderen. K. aber fehlte die nötige, geschmalzene Summe von Geld, um sich diesen Luxus leisten zu können. Koiner hatte K. zweimal geholfen, eine Arbeitsstelle und ein Untermietzimmer zu finden.
Nun saß also zu K.'s Verwunderung Koiner neben dem Oberleutnant, der K. einmal gleich barsch aufforderte, ordentlich zu stehen und zu salutieren. In K. schoß sofort wieder der Haß hoch, den er auf die Militaristen hatte, da sie ihn gefügig wie einen Haushund machen wollten.
„K. wie geht es Ihnen?" sagte Koiner. Er lächelte gezwungen und bemühte sich offenbar, das Wiedersehen auf einen guten Sockel zu stellen. „Gut paßt Ihnen die Uniform."
„Falscher Trottel", dachte K., „ich weiß genau, wie blöd ich damit ausschaue, da mir die Hose zu groß und die Jacke zu klein ist."
„Leider habe ich hören müssen, daß Sie Schwierigkeiten machen. Das wundert mich, da Sie ja, bevor Sie Ihren Grundwehrdienst begonnen haben, versprochen haben, sich zusammenzunehmen. Wann werden Sie Vernuft annehmen und kapieren, wie man sich als zivilisierter Mensch zu betragen hat!"

K. stand regungslos und blickte zum Fenster raus. Graue Gestalten huschten, unkenntlich durch den weißen Vorhang, an der Baracke vorbei. Irgendwo brüllte ein Unteroffizier seine Exerzieranweisungen.
„Am liebsten habe ich – Zur Rauchpause abtreten – dachte K.
„K., Sie hören mir ja gar nicht zu!
Ich kam vor allem aus folgendem Grund zu Ihnen: Hören Sie bitte genau zu!
Sie wurden bis jetzt im Glauben gelassen, ein Waise zu sein. Dem ist nicht so. Sie haben sehr wohl noch Eltern, die nun Interesse zeigen, Sie einmal bei sich zu sehen. Da die Kaserne ganz in der von N., ihrem Geburtsort, liegt, schlage ich vor, daß Sie Ihre Eltern besuchen."
K. stand wie versteinert da, bis ihm Koiner einen Zettel mit einer Adresse daraufgekritzelt reichte. Sein Herz schlug wie verrückt, einen Moment hatte er Angst gehabt, nicht mehr atmen zu können.
Der Familie K. war nach dem Abbruch der Ziegelofenbauten eine Gemeindewohnung zugewiesen worden. Vier der sieben Kinder waren schon von klein auf der Mutter entzogen worden. Nun lebte nur noch eine debile, ca. 25 jährige Tochter bei den Eltern, die den ganzen Tag beim Fenster saß und stumm die vorbeiführende Bundesstraße beobachtete.
Vater und Mutter K. waren alt und vom Alkohol zerstört. Sie ließen sich gehen und verlotterten in der 2-Zimmerwohnung neben dem alten Rathaus.
Der junge K. klopft an die Tür. Er trägt eine lächerliche Uniform und hat sich noch auf der Straße vor einer Auslagenscheibe frisiert. Sein Haar ist ganz genau gescheitelt.
Eine alte, dicke und aufgeschwemmte Frau öffnet. Sie betrachtet ihn einen Augenblick, dann schreit sie erfreut nach ihrem Mann, der vor dem Fernseher sitzt. Sie umschlingt K. mit ihren Armen, drückt ihn und beginnt zu weinen. K. weiß nicht, wie er sich verhalten soll. Er fragt sich in diesem Augenblick, warum er seine Mutter nicht schon früher sehen durfte. Sein Vater schüttelt ihm nur wie einem guten Freund die Hand. Er weint auch. Die Tränen bleiben in seinen grauen Bartstoppeln hängen.
Im Nebenzimmer, dem Schlafraum, lehnt eine junge, verwahrloste Frau mit langen, unfrisierten Haaren am Fensterbrett und starrt teilnahmslos hinaus.
„Das ist deine Schwester Heli", sagt die Mutter. Bei den s-Lauten zischt sie, da ihr beinahe alle Zähne fehlen.
K. kann sich nicht entschließen, seine Schwester, seine ur-

plötzlich vom Himmel gestürzte Schwester, begrüßen zu gehen. Er vermag sich beim besten Willen nicht an den Gedanken gewöhnen, daß das hier sein Zuhause sein soll. Der Vater wartet ihm warmes Billigbier aus dem Konsum auf. K. sieht, daß der Alte, wenn er das Glas zum Mund führt, erbärmlich zittert. Er kennt dieses Zittern aus den Gefängnissen, wenn neu eingelieferte Insassen ihren Alkoholentzug durchmachen.

Beim Weggehen versprach K., wieder zu kommen, wußte aber genau, daß er bei dieser Zusage gelogen hatte. Als er mit der Badner Bahn am Haus der Eltern vorbeifuhr, saß das Mädchen, das seine Schwester sein sollte, noch immer regungslos beim Fenster.

In meinem Wohnort stieg ich mit meiner Frau aus dem Zug. Ich bemühte mich, nett zu sein, um keinen Streit zu entfachen. Sie mußte noch zu Bekannte. Das kam mir gelegen. Ich ging nach Hause, schenkte mir Kognak ein und schweifte mit meinen Gedanken wieder zu K. aus.

K.'s Schwester Hilde lebt seit ihrem zwölften Lebensjahr bei einer Art Ziehmutter, Frau Laimer, die sie Tante nennt. Diese „Tante" ist eine entfernte Verwandte der Familie K., die selbst zwei Söhne und einen Gatten hat, jedoch mit der vernachlässigten Hilde Mitleid hatte und sie deshalb in ihrem Haus aufnahm. Hilde geht es sehr gut bei der älteren Frau, deren Söhne längst weggezogen sind und deren Mann lieber im Gasthaus Karten spielt, als mit ihr zu Hause herumzusitzen. So ist beiden geholfen, die vereinsamte Mutter hat wieder eine sinnvolle Lebensaufgabe, und das Mädchen ohne elterliche Betreuung erhält Beziehung und Liebe.

Als K. zuletzt aus der Strafanstalt entlassen wurde – er war wegen mehrerer Einbrüche in Wochenendhäuser verurteilt worden – tauchte er bei Hilde und Frau Laimer auf. Er durfte bis zum Antreten seines Militärdienstes, das waren knapp drei Wochen, bei Frau Laimer wohnen, damit er sich erst nach den acht Monaten als Soldat eine fixe Bleibe suchen mußte.

Meine Frau, die Frau Laimer kennt, lernte K. in dieser Zeit flüchtig kennen und erzählte mir seine traurige Lebensgeschichte. Damals wußte er noch immer nicht, daß er noch lebende Eltern hatte. Hilde war nämlich von Frau K. strengstens verboten worden, mit ihrem Bruder über dieses Thema zu sprechen. Das Mädchen hielt sich an die Anordnung, da es heilfroh war, aus den tristen Verhältnissen von der „Tante" erlöst worden zu sein.

K. benahm sich in diesen wenigen Tagen „normal". Er trank nicht übermäßig, war höflich und bemüht, der alten Frau Laimer jeden Wunsch von den Augen abzulesen. Er spürte, daß sie keine Vorurteile wegen seiner Vorstrafen gegen ihn hatte. Sie tat so, als ob nichts gewesen wäre und stellte K. bei ihren Bekannten als Verwandten vor, auf den sie sehr stolz sei, da er bald nach B. zum Heer einrücken müsse. K. wollte die „Tante" keinesfalls enttäuschen und zeigte sich bewußt von seiner besten Seite.

2.

Es waren zwei Monate vergangen, seitdem meine Frau und ich Karli K.'s Bruder auf dem Bahnsteig gesehen hatten. Er war damals schon abgerüstet gewesen und hatte sich in M. in der Nähe von Frau Laimer ein Zimmer gemietet.
Da K. seine Ausbildung als Dreher nicht mit der Gesellenprüfung abgeschlossen hatte, fand er nicht sofort eine Arbeitsstelle und ließ sich bei der Firma P. als Beifahrer anstellen.
K. wartete täglich an der Bundesstraße auf seinen Fahrer, Herrn S., der mit dem Lastwagen von G. kommt, damit er zur Firma P. in N. mitfahren kann. In N. wohnen auch K.'s Eltern. Er besuchte sie jedoch, seitdem er sie das erste Mal getroffen hatte, nur noch einmal. Danach verging ihm die Lust auf den plötzlich wiedergeschenkten Schoß der Familie, da er Vater und Mutter betrunken aufgefunden hatte, was sogar für den abgebrühten K. kein schöner Anblick gewesen war.
Um dreiviertel sieben erwartet also K. Herrn S., der für die Firma P. mit seinem Auto unterwegs ist. K. redet wenig. Herr S. ebenso, doch wenn er den Mund aufmacht, will er ganz gescheit sein oder meckert.
An der Rampe der Firmenhalle laden sie dann Fernsehgeräte, die nach Wien gebracht werden müssen. Diese Arbeit ist immer mit Hektik, Nervosität und Streitgefahr verbunden, da Herr S. jeden Handgriff besser weiß und K. permanent zurechtweist, verbessert und ihn herumkommandiert. Wenn K. mit der „Ameise", dem Gabelstapler, eine Palette von rechts faßt, schnauzt ihn Herr S. an, das sei ungeschickt, er müsse die Kiste doch von links heben. Schon am ersten Tag weiß K., daß er es in dieser Firma nicht lange aushalten wird.
Wenn der Lastwagen voll ist, geht es nach Wien zu verschiedenen Händlern. K. redet womöglich wenig, da er mit S.

nichts zu tun haben will. In Wien nerverln sie dann wieder mit den paar Fernsehern umher, bis sie wieder nach N. hinausfahren.
In der Kantine der Firma P. essen sie dann zu Mittag bevor sich der geschilderte Vorgang nachmittags wiederholt.
S. sagt dann bei jeder Gelegenheit: „Na ja, jetzt haben wir es bald!“ oder „So, das hätten wir auch erledigt!“
Wenn es noch zu früh für die Rückkehr in die Firma ist, verkriechen sie sich in einem unfaufälligen, kleinen Wirtshaus, damit sie nicht noch zu irgendeiner Arbeit herangezogen werden können. Herr. S. lädt dann K. meistens auf ein Bier oder einen Spritzer ein und macht auf die Tour: „Komm, vertragen wir uns wieder! Den heutigen Tag haben wir ja gut hinter uns gebracht.“
K. bedankt sich zwar bei Herrn S. höflich für die Einladung, liest aber dann meist in der Zeitung, die er ohnehin schon von Mittag her kennt, um möglichst unansprechbar zu wirken.
Dann setzt Herr S. K. an der Bundesstraße ab. Ein Arbeitstag mehr ist vorbei.
K. geht vom Alkohol leicht benebelt nach Hause, das sein Zimmer mit einem Bett und einem Kasten ist. In der Ecke steht sein kleiner Koffer, den er nie vollständig ausgeräumt hat.
K. hat stets das Gefühl, daß er nur auf kurze Zeit hier ist, gewissermaßen auf Durchreise.
Nachdem er in Zeitschriften geblättert und sich am Dosenfleisch satt gegessen hat, zieht er los, in alle möglichen Lokale, um der Einsamkeit davonzulaufen.
Spät kommt er dann besoffen heim, stellt den Wecker und schläft ein.
Am Muttertag saß er mit seiner Schwester bei Frau Laimer, trank Kaffee und aß Kuchen. Als Frau Laimer ihre Freude ausdrückte, weil er nun schon längere Zeit „brav“ sei, begann K. wie ein Kind zu weinen. Er versprach unter Schluchzen, nie mehr Blödsinn und ihr Schande zu machen.
Dabei liefen ihm Tränen wie glänzende Insekten über die dicken Hamsterbacken.

3.

„Dieses verdammte Schwein“, sagte ich zu meiner Frau, als ich dieses Klatschblatt, das sich Lokalzeitung nennt, las.

„Der Kerl, der diesen Artikel geschrieben hat, ist ein mieser Zyniker und Sadist."
In dem Textteil, der mich verärgerte, wurde berichtet, daß ein Betrunkener im Nobelcafé „Theo" den Billardtisch demoliert und randaliert hatte. Als er dann abhaute, liefen ihm verständigte Gendarmen nach und verprügelten ihn. Die Art, wie der Reporter den Vorfall verfaßt hatte, war abstoßend schadenfreudig und zeigte offen die Genugtuung darüber, daß man einen Alkoholisierten getreten hatte. Geschehnisse wie dieses passieren wahrscheinlich täglich hunderte Male. Mich berührte jedoch unangenehm, wie genüßlich der Herr Journalist den Fall bearbeitet hatte, den hemmungslosen Gerechtigkeitssinn der ehrbaren Bürger dieser Stadt fundamentierte und der Masse allen Grund gab, für eine harte Gangart der Exekutive zu plädieren.

4.

Am Nachmittag traf ich mit meiner Gattin Frau Laimer, die traurig erzählte, daß Karli K.'s Bruder wieder in Haft sei, da er in einem Kaffeehaus getobt hatte. Einige Tage vorher hatte er bei der Firma P. gekündigt und anscheinend viel getrunken. Als sie seinen Koffer aus dem Untermietzimmer abholte, um ihn K. ins Gefängnis nachzubringen, fanden sie alle seine Habseligkeiten schon gepackt vor.

FREMD

1.

Peter springt über die Stufen, die vom Park zum Bahnhof hinunterführen. Es ist warm, und die Blüten der Lindenbäume riechen intensiv. Ganz oben im Geäst hocken Dutzende grau-weißer Tauben, als ob sie Schatten suchen würden. Die Erde um die Blumenbeete ist ausgetrocknet und bröckelig. Am späteren Nachmittag werden Arbeiter der Gemeinde kommen und tüchtig gießen. Einige Gastarbeiter sitzen rauchend auf den Bänken und befassen sich mit ihrem Kettchen aus bunten Glaskugeln. Sie scheinen zu müde zu sein, um miteinander zu reden. Peter überspringt immer zwei bis drei Stufen. Er hat seine langen, blonden Haare unter einem breitkrempigen, grünen Filzhut versteckt.
Ich horche in mich hinein und höre nicht mehr die Laute, die auf mich eindringen. Im rechten Augenwinkel fährt ein Bus ab, vollgestopft mit Schulkindern und eine schwarze Wolke aus dem Auspuff blasend. Überall Spiegelungen und Refelexionen der Sonne, die durch das Leibchen sticht. Die plötzliche Ruhe um mich verlangsamt auch die Bewegung vor dem Bahnhofseingang.
Peter trägt eine Plastiktasche, in der vermutlich Getränke sind. Er lacht.

10 Jahre sind vergangen. Peter hat zwei Kinder, eine Frau, die halbtags arbeitet und haust in einem Wohnloch. In zwei Räumen, die nicht einmal durch eine Tür getrennt sind, weinen die Kinder neben verfaulten Träumen. Jeder eckt an den anderen an und zittert um sein Weiterleben. Peter ist oft betrunken und stößt die Kinder in seiner Wut in eine Ecke. Er trägt die Haare lang und zerrissene Hosen, die er geschenkt erhielt. Er verdient zeitweise Geld, wenn er am Bau als Hilfsarbeiter tätig ist. Sonst ist Peter daheim und spielt mit den Kindern. Seine Frau, Cora, ist in einem Kurzentrum als Masseuse beschäftigt. Sie bringt das Geld, mit dem sie dann zu viert weiter über die Runden kommen. Wenn Peter nüchtern ist, verspricht er Cora, sich ernsthaft um eine Wohnung zu kümmern. Kommt sie ber am nächsten Tag nach Hause, lümmelt Peter wiederum betrunken am Tisch.

Die Kinder wühlen in einem Berg von Spielzeug, sind verdreckt. Cora lamentiert über die Schweinerei, und es gibt wieder Kampf. Die beiden Kleinen plärren hinter ihren speckigen Puppen, wenn sich Cora und Peter im Streit laut Gemeinheiten um die Seele schleudern.
Als ich über eine Freundin zufällig erfuhr, wie es um Peter stand, ging es mir selber auch nicht gerade rosig. Ich war eben von einer dieser verfluchten Militärübungen zurückgekehrt, bei denen du erst einmal erfährst, wie es mit der Menschheit bergab geht. Im Suff plauderten meine lieben Kameraden richtig gelöst über die Hölle ihres Lebens. Macht war für sie, die Alte kräftig in den Arsch zu treten, wenn irgendetwas nicht klappte. Alkohol bedeutet für sie vergessen, lachen und ohne „Hirntschecherei" einschlafen. Ich hockte hinter meinem MG, hörte mir ihre Reden über Gefängnis, mißlungene Coups und tierische Schlägerein in miesen Beisln an. Alle zwei Jahre muß ich zum Heer, und jedesmal sind diese bemitleidenswürdigen Verlierer um einige Grade mehr kaputt. Zahnlos, glatzköpfig, unrasiert und mit grauer Gesichtsfarbe reichen sie den Doppler Wein durch die Runde. Da die meisten noch vom Vortag alkoholisiert sind, brauchen sie nicht lange, bis sie wieder betäubt und dumm in eine Welt blicken, die uns außer Kontrolle geraten ist. Ich gehe von einem zum anderen, verstelle mich vor ihnen, um nicht aufzufallen und sehne mich immer mehr nach dem Ende der Übung. Oder vielleicht sogar nach dem Ende von allem – exakt – ich krepiere an den anderen. Als wir dann in unserem Schützengraben lagen und uns von den Gelsen quälen ließen, begann jedesmal einer dieser „Mini-Bruce Lees" im Range eines Unteroffiziers über Vorzüge gewisser Waffen und pikanter Schachzüge im Abwehrkampf zu faseln. Am liebsten hätte ich mir in so einer Situation die Gehörschutzpfropfen in die Ohren gesteckt, um diesem tollwütigen, kriegslüsternen Gequatsche zu entkommen. Im Leben hatten die Kerle die Hose gestrichen voll und tobten sich deswegen an Frau, Kind oder Gastarbeitern an der Arbeitsstelle aus. Wenn sie dann im Pyjama mit halb eregiertem Glied vor der „Glotze" hocken und wie die Hühner auf der Stange ihre Goldfischli picken, fühlen sie sich wahrscheinlich ohnehin auf der Verliererstraße beim Anblick der makellosen Welt des Werbeprogramms.
Beim Übungsende gab ich mein MG ab, ohne es zu reinigen und beförderte meine Anerkennungsmedaille in den nächsten Mistkübel. Der kompetente Hauptmann prahlte vor der Kompanie noch mit seinen Heldentaten als UNO-Soldat und stand stramm wie ein Zinnsoldat. Als ich noch ein-

mal durch die Reihen der fetten, besoffenen und holzmäuligen Zombies blickte, stieg schon die Angst vor der nächsten BTÜ in mir hoch.
Peter und ich gingen sechs Jahre miteinander in die Schule und geilten uns, wo nur möglich, in der Verehrung unserer Kulturfiguren auf. An Jimi Hendrix, Mick Jagger, Jim Morrisson und John Lennon krallten wir uns fest wie Ertrinkende an einem Strohhalm. Unsere Ideale waren manifestiert in Filmen wie „Easy Rider", „Woodstock" oder „5 Easy Pieces". Wir ließen uns die Haare wachsen, tanzten ekstatisch zu „Sympathy For The Devil", hockten bei Kerzenlicht auf Matratzen und schnüffelten die Rauchschwaden der Räucherstäbchen aus der India Boutique. Bücher von Hesse, Huxley, Leary, Kerouac oder Burroughs wurden wie die Bibel zum Lesen weitergereicht und prägten uns. Peter und ich verbrachten Nächte im Freien vor einem Lagerfeuer, romantisierten einer glücklichen Zukunft entgegen und krochen dann betrunken in unsere Schlafsäcke. Hippies verändern die Welt!
Und jetzt, 10 Jahre später, hast du nicht einmal die Nerven, um Scaduttos Dylan Buch zu lesen. Du besäufst dich mit Fusel, der dir das Rückgrat bricht.
Wenn Peter einen seiner Anfälle hat, schmeißt er durch die Gegend, was ihm unter die Finger kommt. Wie tollwütig rast er durch seine Bruchbude und zerstört, weil er auch zerstört ist. Als Cora einmal Freunde zu Hilfe holte, damit sie Peter beruhigen, verbarrikadierte er sich in diesem Rattenloch. Die Kinder hatte Cora schon weggeschafft. Nach langem Zureden riß er plötzlich mit einem Küchenmesser in der Hand die Tür auf und drohte allen mit dem Tod. Sein Gesicht war vom Saufen gerötet, seine Augen mit gelbem Schleim verklebt – wahrscheinlich hatte er zuvor geheult – und seine blonden Haare zottelten wie bei einem Wisent bei jeder Bewegung. Die Adern an seinem Hals schwollen an und hoben sich blau ab, als er schrie, er würde auf der Stelle alle abstechen.
Einige Tage später ging Peter freiwillig in eine psychiatrische Klinik, um „seinen Wahnsinn" loszuwerden. Nach dem üblichen „Blah-Blah" der Ärzte hockte er wiederum wie ein geprügelter Hund in seiner Bruchbude, während Cora irgendwelche fetten Manager massierte. Die Kinder spielten zu seinen Füßen, und auf dem Küchentisch türmte sich schmutziges Geschirr.
Nach der Matura hatte ich Peter aus den Augen verloren. Der erste Kontakt zu ihm passierte zufällig auf Umwegen. Damals begleitete ich öfters eine Rockband zu ihren Auf-

tritten, da ein Freund als Musiker dabei war. Ich tat dies eher aus Langeweile, weil ich für eine eigenständige, kreative Arbeit zu behäbig war. Es interessierte mich sehr, in der Nähe der Musiker zu sein und ihren Problemen und Fachsimpeleien zuzuhören.

An einem kalten Septemberabend fuhr ich mit meiner Freundin der Band in kleines Provinzstädtchen nach. Ich genoß auf der Autobahn mein hohes Tempo und hatte Spaß daran zu sehen, wie Bäume und Häuser an mir vorbeihuschten. Der Himmel war ein gelb-roter Teppich mit schwarzen, dräuenden Wolken. Diese Abendstimmung hatte etwas Unheimliches an sich. Bald begann es auch toll zu schütten, und ich mußte mein Fahrtempo aus Sicherheitsgründen deutlich drosseln.

Im Städtchen angekommen, war es inzwischen Nacht geworden. Es regnete noch immer heftig. Um uns war es stockfinster, nur eine matte Straßenbeleuchtung wies uns den Weg. Nach einer Anfrage in einem Gasthaus fand ich auch die Fabrikshalle, in der die Band ihren Gig hatte. Die riesige Halle lag neben einem regulierten Bach, der im Finstern beängstigend rauschte. Der Bus der Gruppe war gleich neben dem Eingang eingeparkt, und ich half meinen Freunden, alle Instrumente, Mikrofone etc. hinter die Bühne zu schleppen, auf der eben Wiener Lieder mit viel Schmalz vorgetragen wurden. Der Weg durch die unbeleuchtete Halle führte an monströsen Maschinen vorbei, auf den Plafond, der zum Teil aus Glasfenstern bestand, prasselte wild der Regen. Ich hatte Angst, als ich mich einmal beim Zurückgehen zum Auto verlief. Um wieder einen Ausweg zu finden, wartete und horchte ich, bis ein anderer Träger in der Nähe vorbeikam, nach dessen Geräuschen ich mich wiederum orientierte. Obwohl ich immer nur ganz kurz im Freien gewesen war, war ich bis auf die Haut durchnäßt. Später, beim Zuhören, fror ich aus diesem Grund unangenehm. Bevor jedoch meine Freunde ihr Konzert begannen und noch hinter der Bühne warteten, trat zögernd der Conférencier, selbst ein Operettensänger, näher und informierte sich, was er im Ansageblock erwähnen sollte. Höflich stellte er sich vor, bevor er seine Fragen stellte. Es war Peters Vater. Ich hatte schon früher gewußt, daß Peters Vater ein Sänger war, der auch öfters im Radio und Fernsehen zur Geltung kam. Peter hatte mir von seinem Vater wie von einem Fremden erzählt. Die notwendigen Kontakte zu ihm waren kläglich nach der Scheidung der Eltern zerbrochen. Das schien Peter sehr schmerzhaft verletzt zu haben.

Ich beobachtete den Sänger und seine Tätigkeit noch einige

Zeit in dieser kalten, ungemütlichen Fabrikshalle. Er wühlte vor dem Landpublikum in schimmeligem Unterhaltungsmüll. Mit einem freundlichen, abgewichsten Grinsen servierte er Kitsch, der einem den Magen umdrehte. Später hatte ich ein Gefühl von Mitleid beim Anblick der vergeblich auf jung geschminkten Sängerinnen, die mit tiefen Dekolletes und peinlich häßlichen Perücken Aufsehen erregen wollten. Die Menge saß mit tränenden augen da, hielt die Hände im Schoß gefaltet und fühlte sich anscheinend wohl bei dem Gebotenen. Dementsprechend deplaciert stellten sich meine Freunde auf der Bühne zur Schau und ernteten müden Applaus.
Während die Anlage abgebaut wurde, versuchte ich mit dem Vater Peters ins Gespräch zu kommen. Er war nicht gern bereit, mir zuzuhören, überhaupt, als ich ihm erzählte, daß ich ein Freund Peters sei. Ich spürte, daß ihm sein Sohn irgendwie nicht in den Kram paßte, daß er ihn aus seinem Leben verdrängt hatte.
Schon bald nachdem Cora ihr zweites Kind geboren hatte, haute Peter mit einer anderen Frau für einige Wochen nach Vorarlberg ab. Er hatte sie auf einem Privatfest von Studienkollegen kennengelernt. Im Dunkeln war er immer mehr in ihre Nähe geschlichen, als er merkte, sie reagierte auf seine Zeichen. Sie tanzten zu irgendwelchen Traummelodien, die Peter ansonsten höchstens zum Gähnen anregten. An diesem Abend ließ sich Peter fallen und vergaß Cora, seine beiden Babies und die Bruchbude, in der sie dahinvegetieren mußten. Er schmiegte sich an Britt wie an eine wiedergefundene Hoffnung und Begeisterung. Beim Genießen ihrer vielen, vielen Antworten wurde es spät und verraucht im Partyraum. Nirgends war ein Platz, wo er mit Britt allein sein durfte. Peter hatte Angst, da viele Kollegen Cora kannten. Sie hätten ihn bei der nächsten Gelegenheit – die Moralisten spielend – verpetzen können und damit noch mehr zerstören, als ohnehin schon zerrissen war. Wie konnte Peter mit Cora glücklich sein, wenn er Freunden sagte, daß er sie verlassen würde, sobald die Kinder aus dem Wasser wären?
Wie oft hatten wir uns gemeinsam über Ehekrüppel lustig gemacht und in unserer Freiheit und Unbekümmertheit herzlich über solche gelacht! Nun spielte Peter selbst diese spätpubertären Kindereien durch, obwohl er furchtbar darunter litt. Er betrog Cora, wenn sie dachte, er hocke im Hörsaal, befreite sich von ihren Fragen wie ein Stegreifschauspieler, umkreiste manchmal Britts Auto wie ein Hund den Knochen, stark hoffend, daß sie nun daherkom-

men würde. Er hörte nicht mehr, was Cora und die Kinder zu ihm sprachen, dachte nur nach, wie es mit Britt und ihm weitergehen sollte, besoff sich, um schlafen zu können und wurde um 4 Uhr morgens schweißgebadet und mit Herzflattern wach. Neben sich hörte er die Atemzüge der Kinder und von Cora, die in diesem Elend auch immer mehr verwelkte und Schmerzen in sich zu tragen schien, Peter dachte, daß es am besten sei, wie Hendrix, Jones oder Morrisson zu sterben; durch Überdosen an Gift und Alkohol oder Heroin. Er raffte sich aber immer wieder in seinem Selbstmitleid zu Klimmzügen auf, blies die schlechten Gedanken aus seinem Hirn, wenn ihn die Kinder um Liebe anbettelten. Um abenteuerlose, solide Liebe ohne Hintergedanken. Er wurde unglaubwürdig vor seinen Bekannten und dachte, wenn er sich im Spiegel betrachtete, an einen langweiligen Lebensabend mit viel TV und Alkohol, abgegriffenen Fotoalben und irreparablen Schlafstörungen. Ununterbrochen grübelte er, welcher Entschluß ihn mit einem Schlag erlösen könnte. Immer wieder lief die Szene in seinem Hirn ab, wie er Britt im dunklen Flur an sich gedruückt, geküßt und betastet hatte. Dann hatte sie sich umgedreht und war mit einem Seufzer die Stiegen hinuntergehuscht. Peter hatte ihr lange nachgelauscht und sich gewünscht, daß er dieses aufregende Glücksgefühl in einen Käfig sperren könnte.

Wieder im Raum, in dem sich das Fest abspielte, flüchtete er sich zur nächsten Weinflasche und versuchte die Übelkeit wegzuschwemmen, die er verspürte, wenn er an seine familiäre Situation, an Coras traurige Augen und die ungeputzten Nasen der Kinder dachte.

Nach Weihnachten stand Peter dann in seinen geflickten Jeans und seiner viel zu langen Parker in Schruns vor Britt, die dort in einer Schischule arbeitete. Bevor er richtig bemerkt hatte, wie ungelegen er hier dem Mädchen war, belächelte ihn ein braungebrannter Schilehrer um die vierzig, der es gar nicht der Mühe wert fand, die Karten offen auf den Tisch zu legen.

Wieder in Wien tobte Peter besoffen in der Wohnung, bis er erschöpft, in Tränen aufgelöst, zusammensank. Als Cora mit zu Hilfe geholten Freunden in das Zimmer trat, drohte er wieder allen mit dem Umbringen und nannte sie vertrottelte Spießer.

2.

Was hält die Psyche eines Menschen aus, wenn sie permanent gemartert wird?

In einigen Wochen steht uns dieses unnötig sentimentale Maturatreffen bevor. Zehn Jährchen ist es nun her, daß wir den Schritt ins Leben wagten. Mit Halbglatze und Wohlstandsbauch werden wir wie die Gladiatoren einmarschieren. In den Händen und unter den Achseln werden wir schwitzen, und jeder wird genau schauen, inwiefern sich die Klassenkollegen verändert haben. Veränderungen sind notwendig, nichts bleibt beim Gleichen. Es ist unstatthaft, von äußerlichen Veränderungen eines Menschen auf seine inneren zu schließen. Kaum jemand von uns wird so aussehen, wie wir uns vor 10 Jahren getrennt haben. Ich habe zum Glück selten jemand aus unserer Klasse getroffen. Die Befreiung von allem, was mit unserer Gymnasiumzeit zu tun hatte, tat mir wohl gut. Ich veränderte mich zu einem neuen, selbstsicheren Menschen, der sich seine Gedanken auszusprechen getraut.
An ein Wiedersehen mit dir, Peter, erinnere ich mich nun doch. Ich saß mit meiner Frau bei einem „Supertramp"-Konzert in der Stadthalle, als du einige Reihen vor uns, mit Freunden, deinen Platz aufgesucht hast. Ich hätte mir nie gedacht, daß du in einer Krise steckst.
Mir kommt immer wieder der Indianer aus „Einer flog übers Kuckucksnest" in den Sinn, wenn ich an dich denke.
Bei diesem Maturatreffen wirst du dich vielleicht über alle diese saturierten und behäbigen Bürger mokieren. Diese Feindlichkeit wird mir nicht weh tun, außer sie würde auch auf mich gerichtet sein. Du würdest mir schwer Unrecht tun. Überlege dir, was du mir vorwerfen willst, denn ich bin kein Teil von dir ...

Oft sehe ich in meinem Dorf einen alten, vertrockneten Mann, der mit seinem Hund durch die Gassen schlurft. Beide sind ungepflegt und fühlen sich nicht mehr besonders wohl auf dieser Welt. Der Alte scheint es nicht mehr lange zu machen. Das sehe ich an seinen Augen, die kein Leben mehr reflektieren. Ich habe Angst, dich ebenso wiederzusehen.

3.

In einigen Tagen ist es soweit. Ich werde dich wiedersehen. Deine Augen und Mundwinkel werden spötteln, weil es mir prächtig geht. Für mich läuft's wirklich tadellos. Ich habe eine Frau, die unser Kind und mich liebt. Meine Wohnung ist geräumig, und in der Garage steht ein Mittelklassewagen. Ich bin definitiver Beamter. Unkündbar. Nichts kann mich mehr aus der Bahn werfen, was auch passiert. Ich gehe meinen Weg, ohne mit der Wimper zu zucken.
Ach, manchmal stößt mir auf, worauf ich mich da eingelassen habe, und ich wälze mich die halbe Nacht schlaflos im Bett. Um meine Familie nicht zu stören, schleiche ich dann in das Wohnzimmer. Dort fühle ich mich hierauf wie früher, als ich noch mein Zimmer im Elternhaus bewohnte. Ich lese in Büchern, die gar nicht so wohlgeordnet sind wie mein Leben. Mit Wirrwarr im Kopf schlafe ich dann neben der Leselampe ein.
Täglich fahre ich im Zug zur Arbeit. Ich beobachte Menschen und ekle mich vor ihnen. Man muß erleben, wie sie Monat um Monat fetter und unansehnlicher werden. Ihre Augen glotzen dumpf aus für den Tag zurechtgewichsten Schädeln. Sie sind einander im Weg und hinderlich, sich wohl zu fühlen. Jeder ist bemüht, möglichst bequem zu sitzen und seinen Platz zu behaupten. Um ihre Augen ziehen sich Nachtfalten, die Gesichter der Männer riechen nach billigem Rasierwasser. Ich lümmle an einer Stelle, wo mich kaum jemand tangiert und wünsche, bald aussteigen zu können.
Die Heimfahrt ist für mich noch unerträglicher. Jetzt sind viele Männer leicht betrunken und rauchen neben den Reklametafeln auf dem Bahnsteig schwankend ihre Zigaretten. Ihre Hände sind noch mehr zerkratzt, und ihre Kleidung scheint mir noch unordentlicher und staubiger als am Morgen. Wenn dann der Wind pfeift, stellen sie ihre Krägen auf und wischen sich über die tränenden Augen. Für die Typen in der Bahnhofskneipe ist eindeutig der letzte Zug abgefahren; die bleiben sitzen, bis alles zu Ende ist.
Zu Hause erwarten mich dann meine Frau und mein Kind. Sie leiden unter meiner Müdigkeit und meiner Unausgeglichenheit. Wenn ich sie glücklich lachen sehe, möchte ich mich in eine Ecke verkriechen und weinen. Wenn sie mir Fragen stellen, denen ich schwer folgen kann, weil mir anderen Probleme im Kopf herumschwirren, werde ich gereizt und mürrisch.
Sobald das Kind schläft, hocke ich mich erleichtert vor den

Fernseher, trinke ein Bier und stelle mich auf den nächsten Tag ein. Meine intellektuellen Ansprüche wurden mit der Zeit immer bescheidener. Selten nehme ich mir die Mühe und lese eines der Bücher. Mir fehlt die Kraft, an den geschilderten Problemen Anteil zu nehmen. Immer wieder ertappe ich mich, daß ich Seiten lese, ohne zu verstehen, was geschrieben steht. Ungeduldig beginne ich also von neuem bei einem Absatz, bis ich wieder den Faden verliere. Vor dem Schlafengehen blättere ich die Zeitung durch, zeige aber eher selten Interesse für einen längeren Artikel.
Je länger ich dir, Peter, in meinen Gedanken erzähle, desto klarer wird mir, daß ich seit dem Ende unserer Schulzeit auch keine Weiterentwicklung meiner Person erleben konnte.
So verstehe ich erst recht deine Verzweiflung.

4.

Meine Frau und mein Kind schlafen schon. Das Fernsehprogramm war wieder mies, und trotzdem war ich zu wenig entschlossen, einfach abzudrehen und mich anders zu unterhalten. Aus dem Radio kommt leise alter Country Blues, der gar nicht in mein 08/15 Wohnzimmer paßt. Die Töne perlen wie Tau die Wände herab. Ich sitze am Tisch und habe mich wiederum über den Schnaps hergemacht, um mich zu beruhigen. Neben der Flasche tickt meine Armbanduhr unermüdlich einem Amtstag mehr entgegen. Ja, Peter, auch ich trinke. Nicht so wie du, bis zum Exzeß und zur Bewußtlosigkeit, aber ich verwende Alkohol gerne als kaschiertes Narkotikum. Das Fenster ist offen, denn heute war es erstmals angenehm warm und frühlingshaft. Ich blühe auf in dieser hellen, sonnigen Zeit und fühle mich bei weitem wohler als im Winter oder Herbst.
Trotz Arbeitsbelastung und dumpfem Alltag kommst du mir wieder in den Sinn und kreuzt in Gesprächen mit irgendwelchen Leuten meine geistigen Wege.
Erst letzten Samstag war ich allein unterwegs, als meine Frau wegen einer Verkühlung schon zu Bett gegangen war. Um eine unerträgliche Unruhe und Angst vor Einsamkeit los zu werden, suchte ich in der Stadt eines dieser modernen Lokale auf, die mit aller Macht schick, teuer und ausgeflippt wirken wollen. Gerade in Zeiten wie diesen, wenn es also durch Diktaturen, Kriege und Wirtschaftsreduktion mit unserer Welt sehr mies steht, gedeihen derartige Sumpfblüten am besten. Mit negativen Informationen durch die

Medien im Überfluß abgespeist, will vermutlich jeder instinktiv erleben, daß es ihm blendend geht und die Krise beinahe wie eine eindrucksvolle, doch ebenso harmlose Phantasmagorie an der eigenen Person spurlos vorbeigleitet.
Mit eben diesen Gedanken lehnte ich also letzten Samstag leicht betrunken an der Theke im „Pedro" bei meinem Bier und gaffte solange das Schauspiel um mich an, bis mir meine Aggressionen unhaltbar hochkamen und ich den nächststehenden Bekannten anquatschte, um ihm gründlich in Vertretung des restlichen Publikums meine Meinung zu sagen. Nein, bitte, sage jetzt nicht, ich sei eine elende Spießerseele, die dazu geboren ist, von selbstbefreiten Menschen malträtiert zu werden. Hör zu, bevor du urteilst und – das kann ich vorhersagen – du wirst mir recht geben! Neben den Geldscheinen der Gegend, die im schwarzen Anzug am Steak herumoperieren und dabei charmant ihre geschmückte Gattin anglotzen, lungern Jugendliche – meist noch Schüler – an den, das gebe ich unverhohlen zu, stilvollen Tischchen und saufen Sekt, der wie ein erstrebenswertes Lebenssymbol, im Kübel gekühlt, die Szene schick färben soll. Natürlich trifft man im „Pedro" jeden, der nur irgendwie dabei sein will und das Herumsitzen in diesem Lokal in sein Programm der Selbstverwirklichung inkludiert. Die meisten nehmen an der inoffiziellen Modeschau teil und kleiden sich nach letzten Erkenntnissen, möglichst lässig, „College Typ" mäßig. A propos „mäßig". Reden kann man mit diesen Typen nicht viel, da sie wenig interessiert, was – meiner Meinung nach – wirklich Bedeutung hätte. Neben mir lehnte, auch eher staunend, ein flüchtiger Bekannter, den man entweder im Wald mit seinem Hund joggend oder im dunklen Anzug in einem Cafe begegnet. Als leidenschaftlicher Sportler spielt er auch bei einer Hobbyfußballmannschaft Tormann und erzählt auch gerne von seinen Matches. In einem dieser Juxteams spielst auch du mit ihm. Der Bekannte erwähnte, daß du zu den meisten Matches betrunken erscheinst und dementsprechend schwach spielst. Falls du einmal nüchtern bist, zeigst du erstaunlich hohe, technische Leistung am Ball und verblüffst deine Mannschaftskollegen.

Ich trank schnell aus und fuhr heim.

5.

Ich habe noch immer nicht durchschaut, nach welchen Gesetzen das Spiel der menschlichen Beziehung abläuft. In meinem Bekanntenkreis trennen sich andauernd Paare, streiten um ihre Kinder und beim Auszug aus der gemeinsamen Wohung sogar um die zu zweit erstandene Klomuschel. Ich erkannte immer zu spät, daß hinter dem Vorhang, den sie bei Treffen vorgezogen haben, die grobe und kriegslüsterne Realität waltet. Im Auto, im Kino oder Beisl sind alle Konflikte kaschiert und glimmen doch weiter. Wenn ich dann meine Freunde treffe und sie mir lächelnd mitteilen, sich von ihrer Partnerin getrennt zu haben, weiß ich nicht, was ich von allem halten soll. Ich finde mich nicht ab mit dieser Austauschbarkeit von Menschen. Wenn sich die anderen schon wieder wohl fühlen und eine Menge neuen Mutes geschöpft haben, grüble ich noch immer an der Makelhaftigkeit des menschlichen Einfühlungsvermögens herum. Oft ermüdet mich diese Turbulenz so, daß ich niemand mehr sehen will und mich abkapsle. Nein, nein, ich bin kein Mensch, der die Einsamkeit sucht, doch ich ertrage einfach oft nicht mehr die Belastung, denen man als Freund ausgesetzt ist.

6.

Man müßte das Wesentliche vom Unwesentlichen unterscheiden können. Wenn mir das gelingen würde, wäre mir psychische Stabilität gesichert. So aber lasse ich mich durch meine Fehleinschätzungen verleiten, in meiner Grundstimmung eine immer größere Resignation dominant werden zu lassen. In heiklen Zeiten verwandelt sich diese tötende Resignation in Aggression, in jähe Zornausbrüche, die soweit führen, daß ich meiner Frau einen – wenn auch ungefährlichen – Gegenstand nachschmeiße oder vor dem Kind zu schreien beginne.

Du siehst, Peter, mit mir läuft es im Prinzip nicht anders als mit dir. Nur ist mein ehrlichstes Verhalten durch eine brave, unauffällige Gesellschaftsrolle verdeckt. Ein Mann, der fleißig seiner Arbeit nachgeht, kann sich eher „alles erlauben", als einer, der unstet zwischen einem arbeitslosen Zustand und einem als gelegentlicher Hilfsarbeiter pendelt.

7.

Ich bin sehr enttäuscht. Du bist auf unserem lang angekündigten Klassentreffen nicht erschienen. Ehrlich gesagt, ich hätte nicht gedacht, daß du wirklich zu feige dazu bist. Dabei soll es dir, nach dir nahestehenden Informanten, besser gehen. Ich meine, besser bezüglich Alkohol und Familie.
Zufällig mußte ich hören, daß einer deiner Freunde einer Klassenkollegin mitteilte, du seist nicht erschienen, da „aus dir nichts geworden sei". Wie traurig und erbärmlich werden oder wurden wir erzogen, daß es soweit kommen muß! Für mich war dieser Abend passé. Ich schüttete einige Biere in mich hinein und fuhr als einer der ersten heim.
Schlafen konnte ich kaum, erst gegen Morgen hin tunkte ich ein.
Am nächsten Tag konnte ich mich noch immer nicht aus meiner Verwirrung lösen. Mit Kopfschmerzen und wenig Sinn für Gespräche wurde ich, beinahe berechnend, aggressiv gegen meine Frau, die wieder einmal enttäuscht und wütend mit dem Kind zu ihrer Mutter floh, um meinen Launen auszuweichen. Sicher, es tat mir leid, als sie mit meinem verständnislos dreinblickenden Söhnchen im Arm aus der Wohnung flüchtete, aber ich konnte meinen Grübeleien und wenig erfreulichen Gedankenläufen unmöglich Herr werden.
Dann lag ich herum und sinnierte, wie es mit dir und mir weitergehen sollte.
Herumliegen und die Wände anstarren. Warten, ob das Telefon nicht doch läutet, Radio an, Radio ab, jede Schallplatte ist langweilig, draußen liegt eine Schwüle in der Luft, man bringt die Augen nicht mehr auf, lasch entblättern sich diesige Konturen beim Blick aus dem Fenster. Die Zeit ist einem weder zu kurz, noch zu lang. Hilflos sitzt man mitten in allem, was passieren muß.
Hast du davon gehört? Georg wartete auf den Balkanexpreß und ließ sich von ihm rädern. Er ist der erste unserer Klasse, der sterben wollte. Freiwillig zu sterben, ist jedermanns Recht.
Ich las vor kurzem in einem Buch, daß jeder Trinker ein versteckter Selbstmörder ist. Ein Selbstmörder.
Von der Familie Georgs ist nur mehr seine Schwester Elsi übrig. Der Vater, der von der Mutter Georgs geschieden lebte, starb vor mehreren Jahren. Die Mutter und Großmutter wurden knapp hintereinander begraben. Nun machte Georg Schluß, nachdem er jahrelang ohne Erfolg

studiert hatte. Der Karren war verfahren und verpfuscht, da Georg neben dem Studium Geld verdienen mußte und wenig Zeit zum Lernen fand. Seine Faulheit dazu brachte ihm natürlich auch keine Lorbeeren ein. In seiner letzten Zeit fuhr Georg immer nach Griechenland, oft nur für eine Woche. Vermutlich ging es ihm nur mehr darum, WEGFAHREN zu können. Bei seinen Jobs als Taxi- und Lastenfahrer dürfte er nicht schlecht verdient haben.
Was sagt das: gut verdient? Ich sah ihn das letzte Mal, als er neben der Kasse einer „elchigen" Möbelfirma hockte und anscheinend auf irgendeinen Auftrag wartete. Ich erkannte sofort, daß es mit ihm bergab gegangen war. Sein Kopf steckte grau und faltig in einer speckigen Ami-Jacke, die er geöffnet hatte. Seine Haare waren weniger und heller geworden. Er trug sie nicht mehr so übermäßig lang wie früher. Es schien mir, daß Georg weit weg von allem saß und in einer Kapsel Kummer elendig vertrocknete. Von diesen Eindrücken beeinflußt, hatte ich keine Lust, zu ihm zu treten und ihn blöde zu fragen, wie es denn so gehe. Ich zog es vor, wie ein scheuer Hund abzuschwenken und mich in der Menschenmasse zu verstecken. Ich ließ mich willenlos mittreiben und getraute mich nicht einmal mehr, einen Blick zurückzuwerfen.

8.

Wie überfallen kam ich mir vor, als du plötzlich in der „Kulisse" neben mir gestanden bist. Die anderen haben nichts von diesen Schwingungen mitbekommen, die wie die glühenden Fäden eines Spinnennetzes zwischen uns vibrierten. Ich fühlte mich, als ob ich eben über eine Stufe gestürzt wäre oder ein Tablett mit Kristallgläsern mitten in einem Festsaal fallen gelassen hätte. Mir kam vor, auch du hattest darauf geachtet, meinem Blick nicht zu begegnen. Ich vermochte dich nicht in den Griff zu bekommen. So fremd warst du mir. Langsam gewöhnte ich mich an die unerwartete Tatsache, dich getroffen zu haben.
Du hattest nicht den Mut, viel von dir zu berichten. Und doch war schon das wenige Erzählte furchtbar und aussichtslos.
Wir werden uns nie mehr auf diesem fremden Weg treffen.
Du hast dich aufgegeben.
Deine Augen sind große Tränen.
Eine Stimme höhnt: „Selber schuld!"
Ich verabschiede mich schnell – und weiß nichts von dir.

ERNST WEISS

Geb. 1952 im Burgenland, HS-Lehrer in Mödling, lebt in Gumpoldskirchen, verheiratet, ein Sohn, verschiedene Veröffentlichungen in Literaturzeitschriften, Tages- und Wochenzeitungen, Anthologien und im Rundfunk.
Prosa-Band „Flucht ins Ungewöhnliche", 1981, Weilburg Verl., 1983 Literaturanerkennungspreis des Landes NÖ, als Musikjournalist bei „Fachblatt" tätig.

BIOGRAPHIE

STEFAN WEBER

1946 geboren in Wien. 1964 Matura. 1964 – 1970 Akademie der bildenden Künste, Meisterklasse für Graphik, Prof. Melcher. 1970 Lehramtsprüfung für AHS. 1970 bis heute Zeichenlehrer. 1971 – 1973 Hochschule für Angewandte Kunst, Graphikklasse Prof. Herberth, Prof. Baminger. 1975 Diplom für Graphik der Akademie der bildenden Künste, Prof. Melcher.

AUSSTELLUNGEN

1968 Sofia, Bulagrien
1969 Galerie ZB, Wien
1973 Club Electronic, Wien
1976 Galerie Herzog, Wien
1976 TU-Wien, Getreidemarkt (Beteiligung)
1977 Galerie Grillhof, Innsbruck
1977 Zwei Ausstellungsbeteiligungen in Wien
1978 Galerie Alte Schmiede, Wien

Weitere künstlerische Aktivitäten:

Sänger und Leiter der Kabarettrockband „Drahdiwaberl", Comics- und Cartoonzeichner für Wespennest, Pardon u.m., Illustrator für „An der schönen, schwarzen Donau" und Look Book (Pardon), LP Cover für Falco, Michael Frank, Lukas Resetarits u.m., Poster.

INHALT